野いちご文庫

全力片想い

田崎くるみ

STARTS
スターツ出版株式会社

第一章
全力でキミに恋をした

第二章
全力でキミに伝えたい

恋をした。
全力で恋をした。
私もカレもキミも――。

第一章
全力でキミに恋をした

Zenryoku de Kimi ni Koi wo shita

カレの涙に、精いっぱいの勇気を

九月下旬《げじゅん》。少しだけ秋の気配《けはい》を感じる今日、高校に入学して二度目の体育祭が行われた。

私のクラスはあと一歩のところで準優勝に終わった。それでもすごいと思う。三年生のクラスも交じっての、全学年の中で二位になったのだから。けれど私の視線の先には、準優勝に納得できず悔《くや》し涙《なみだ》を流す人物がいる。

最後の種目にクラス対抗《たいこう》リレーがあった。そこで一位になれば、逆転でうちのクラスが優勝することができた。第一走者からずっと首位をキープしていて、これはもしかしたら優勝できるかも。クラス全員そう思い始めたとき、最後にバトンが渡《わた》ったのはアンカーのカレ。

本当にゴール目前のところだった。そこでカレは体のバランスを崩《くず》し転倒《てんとう》。あっという間《ま》に抜《ぬ》かれてしまったのだ。謝《あやま》るカレをクラスメイトは誰《だれ》も責《せ》めなかった。それがかえってますますカレを、苦しめているのかもしれない。体育館倉庫裏。誰もいない場所でカレは体を小さく丸め、声を押《お》して殺し泣いているのだから。

出会って三年。初めて見るカレの泣き顔《がお》に、物陰《ものかげ》に隠《かく》れたまま、手にしていたタオルをギュッと握《にぎ》りしめることしかできずにいた。

「うっ……うぅっ……！」

数メートル離《はな》れている私の場所まで届《とど》くカレの泣き声。心配になって探《さが》しまわって見つけたというのに、なにもせずにこのままでいるわけにはいかないよ。好きな人が泣いているのだから。出会ってから三年間、ずっとずっと好きだった人が。

意を決し、いまだに体を小さく丸めたまま泣き続けるカレの元へ、一歩、また一歩と近づいていく。

近づくたびに緊張《きんちょう》が増していく。いつもは普通《ふつう》に話しかけることができるのに。泣いているカレに伝えたい想いがたくさんあるのに。なのに声が出ない。言葉が浮《う》かばない。

次第に歩幅が小さくなっていく。それでも近づいていき、カレとの距離《きょり》、三十センチの場所で足を止めた。カレは私の存在にいまだに気づいておらず、顔をうずめたまま泣いている。とっさに手が出そうになったのを引っこめた。

なにやっているんだろう、私。頭《あたま》をなでようとするなんて。でもそうしたくなるくらい、いまのカレは弱りきっているから。

『ちがうよ、あんたのせいじゃない。頑張《がんば》ったよ』

言いたいのに言えない。そんな慰《なぐさ》めの言葉なんて、望んでいないと思うから。せめて早く元気を取りもどしてほしい。またいつものように笑顔を見せてほしい。

胸《むね》が熱くなる。目の前で泣くカレのことを思えば思うほどに。

『お疲《つか》れさま。……早く元気になってね』

心の中でそっとささやき、カレの肩《かた》に広げたタオルをかけた。早く泣きやんでほしい一心で。

タオルをかけた瞬間《しゅんかん》、わずかに震《ふる》える体。けれどすぐに弱々しい声が聞こえてきた。

「……サンキュ」

ううん、そんなことないよ。全然だよ。

ゆっくりとその場をあとにした。泣いているカレになにも言うことができず、渡しただけのタオル。それだけで精いっぱいだった。

タオルを渡すだけで、精いっぱいの勇気だったんだ——。

恋のはじまりは告白から

がやがやとうるさい、放課後《ほうかご》の教室。そこでカレは耳を疑《うたが》うようなことを言いだした。

「あのさ……ちょっと時間ある？　話があるんだ」

頬《ほお》をほんのり紅潮させて話すカレに目を見開いてしまう。

「え……話って？」

ぼうぜんとしながらも問いかけると、カレは耳まで赤く染めた。

「……それをいま言えないから、わざわざ放課後に誘《さそ》ってるんだろ？　察しろよな、バカ」

バカはそっちだ。口もとを手で隠す姿《すがた》を見せられたら、胸がキュンと鳴っちゃったじゃない。

皆森《みなもり》萌《もえ》、十七歳《さい》の高校二年生。身長百六十センチ。ボブヘアがトレードマークのどこにでもいるような平凡《へいぼん》な顔立ちをしている。取りえといえば、元気なところ。勉強も運動もそこそこ。特別飛びぬけてできるほうじゃない、至って普通の女子高生。

意味深な誘いをしてきたのが柳瀬《やなせ》 幸《こう》。中学時代からの仲で、高校二年生のクラス替えで同じクラスになった。

身長百六十五センチと男子としては少し低めの身長。だけどわりと整った顔立ちをしていて、笑ったときにできるえくぼが女子のハートをわしづかみにしているとか、いないとか……。

とにかく私が出会ったときから明るいやつで、クラス替えをしたって、いつもクラスのムードメーカー的存在になる。そんな柳瀬に私は中学二年生のときから、ずっと片想いしていた。

「どーせ皆森のことだ。とくに予定とかないだろ？　だったらさっさと付き合え」

「なっ……！　失礼な‼」

柳瀬は私の好きな人。世界でたったひとり、特別な男の子。だからこそ柳瀬の前でだけは、いつも素直《すなお》になれない。

「それが人に頼《たの》む態度なわけ？　しっかり頭を下げなさいよね」

「はぁ？　どうして皆森なんかに俺《おれ》が頭を下げないといけねぇんだよ」

いつの間にか距離を縮め、バチバチと見えない火花を立ててしまう。

誘われてうれしい、用事なんてあるわけない。いや、むしろあったとしても断るに決まっている。それなのに『大丈夫《だいじょうぶ》、付き合えるよ』って即答《そくとう》できない自分が恨《うら》めしい。

「まぁ……柳瀬がどうしてもって言うなら、仕方ないから付き合ってあげてもいいけど」

こうやってかわいげもなく、上から目線で了承《りょうしょう》することしかできない。

「へぇへぇ、それは光栄なことです。じゃあ行くぞ。時間がもったいない」

けれどこんなあまのじゃくな私はいまに始まったわけではなく、日常的なこと。だからほら、柳瀬にも適当にあしらわれちゃっているし、リュックを背負ってもうドアのほうへ向かって歩きだしている。

「あっ！　ちょっと置いていかないでよ！」

慌《あわ》ててバッグを手にし、あとを追いかける。

「皆森がモタモタしているのがいけねぇんだろ？」

肩を並べて昇降口《しょうこうぐち》に向かっていく間も口論してしまうけれど、心の中はハッピーお花畑状態だ。だって高校生になってから、柳瀬とふたりっきりで帰るなんて初めてだから。それに嫌《いや》でも気になっちゃうじゃない？　『話がある』なんて言いながら、頬や耳を真っ赤にされたら。あの日から三日が経つ今日だからこそ余計に。

トクントクンと胸を高鳴らせながら、柳瀬とともに学校をあとにした。

柳瀬に連れられてやってきたのは、学校から少し離れた場所にある、落ち着いた雰《ふん》囲《い》気《き》のカフェだった。女子なら誰だって好きそうな内装にメニュー。こんなところに連れてこられてしまったら、ますます期待してしまう。

「で、話って？」

もちろん顔には出さないように平静を装い、注文したアイスココアをひと口飲んだあと、なにも言わない柳瀬に思いきって切り出した。すると途端《とたん》に柳瀬の顔は変化していく。

「いや……まぁ、その……」

さっきまでの威勢《いせい》はどこへやら。一気にどもってしまい、忙しなく目を泳がせる柳瀬。

あぁ、やっぱりそういう態度をとられちゃうと、嫌でも期待してしまうよ。もしかしたら柳瀬は私に告白をしてくれようと、しているのかもしれないと。

柳瀬から伝染したように私も落ち着きをなくしていってしまう。オルゴール音が鳴りひびくカフェ内。客は私たちのほかに三組だけ。どちらからともなく口を閉ざして数分。柳瀬は目の前にあったオレンジジュースを一気飲みすると、鋭《するど》いまなざしを私に向け、前屈《まえかが》みになり意を決したように話しだした。

「好きになっちまったみたいなんだ」

「——え」

「小松崎《こまつざき》さんのことが」

愛の言葉にドキッとしてしまった次の瞬間、一気に現実の世界へと引きもどされた。

「え……と、小松崎さんって……光莉《ひかり》のこと、だよね？」

混乱する頭を必死にフル稼働《かどう》させながら言うと、柳瀬は茹《ゆ》でダコのように顔を真っ赤にさせた。それだけで瞬時《しゅんじ》に理解できる。柳瀬は光莉のことが好きなんだって。

小松崎光莉は、高校一年生のときに知りあった友達だ。私は柳瀬と同じ学校に行きたい一心で受験したから、高校には中学の友達なんてひとりもいなくて、柳瀬ともクラスが離れてしまい不安でいっぱいだった。

そんな私に声をかけてくれたのが光莉。私と同じようにクラスに知り合いがおらず、『仲間だね』って笑って言ってくれたんだ。

光莉は女子としては背が高い。身長百六十七センチもある。スラッとしたスタイルとサラサラのロングヘア。光莉をひと言で表すとしたら、〝美人〟って言葉がピッタリだと思う。

それゆえ少し近寄《ちかよ》りがたいオーラが出ていたけれど、実際の彼女はちがう。優《やさ》しくて気遣《きづか》いができて笑顔が素敵で。光莉と打ちとけるのに時間はかからなかった。十五歳で初めて会った友達とは思えないほど、私たちの関係は親密になっていき、私にとって光莉は親友だ。大好きでそして尊敬できるたったひとりの親友。

その親友を柳瀬が好きになった……？

もちろん同じクラスだし、ありえないことではない。けれどふたりと関わりがある私からすれば、青天の霹靂《へきれき》だ。光莉はあまり男子と話すことはない。柳瀬とだって話しているところを、一度も見たことないのに。それなのにどうして柳瀬は急に光莉のことを好きになったの？

疑問が増す中、私の疑問に答えるように柳瀬は話しだした。

「小松崎さんと仲がいいお前にだから言うんだからな。……誰にも言うなよ」

いままで見たことない柳瀬の照《て》れた顔に、ズキンと胸が痛む。膝《ひざ》の上で拳《こぶし》をギュッと握りしめ、痛みに耐《た》えた。

「三日前の体育祭の日……小松崎さん、泣いてる俺になにも言わずタオルをかけてくれたんだ」

「……え」

思わず声をあげてしまう。それもそのはず。だって三日前の体育祭の日、泣いている柳瀬にタオルをかけたのは私なのだから。混乱する私をよそに、柳瀬は話を続けていく。

「それから気になってさ。……たった三日しか経ってないけど、なんつーか……好きになっちまったみたいで」

息がつまる。なんて答えたらいいのかわからない。だめだ、落ち着け自分。

ひと呼吸を置こうと思い、アイスココアを口に含み喉《のど》を潤《うるお》すと、少しだけ冷静になれた。

柳瀬は誤解《ごかい》している。三日前タオルをかけたのは私なのに。あれ……？　でもあのときの柳瀬は、ずっと伏《ふ》せていて一度も顔を上げることはなかった。じゃあどうして柳瀬は、光莉だと思ったの？

「ねぇ、柳瀬。タオルをかけてくれたのは、本当に光莉だったの？」

ちゃんと思い出してほしい。あの日、泣いている柳瀬にタオルをかけたのは私。光莉じゃないよ？

訴《うった》えかけるように瞳《ひとみ》を見つめたまま問いかけると、柳瀬は即答した。

「あたり前だろ？　小松崎さんだ。……その、いつも彼女からよく柔軟剤《じゅうなんざい》の香《かお》りがしててさ。タオルからも同じにおいがしたから」

「においって……」

そういえばあのタオル、前日に急な雨で濡《ぬ》れて登校してきた光莉に貸したものを、体育祭の日に返してもらったものだった。

それに柳瀬の言う通り、光莉はいつも思わずクンクンしたくなるほど、優しい香りをまとっている。なんでもお気に入りの柔軟剤らしく、光莉愛用のものらしい。

そっか、光莉愛用の柔軟剤の香りがするタオルをかけられたら、誰だって勘ちがいしちゃうよね。相手は光莉だって。

なにやっているんだろう、私。三日前、精いっぱいの勇気を出したというのに。全然柳瀬に届いていない。むしろ勘ちがいされてしまう始末。しかもなに？　勘ちがいさせたあげく、それをきっかけに光莉を好きになったかもしれないとか。

誘われたときから、もしかしたら柳瀬は私に告白をしてくれるのかも……なんて期待していた自分が恥《は》ずかしい。勇気、出したんだけど……な。

すぐにタオルをかけたのは自分だと言おうとしたけれど、思いとどまる。

柳瀬は完全に勘ちがいしているし、光莉を好きになったとまで言っている。ここで『三日前、タオルをかけたのは私なの』なんて言っても信用してもらえなそう。

きっと笑いながら『皆森が俺に優しくしてくれるわけねぇじゃん』とか、『寒い冗《じょう》談《だん》はやめろよな』って言われちゃうに決まっている。

ずっと柳瀬のことが好きだった。好きだからこそ、どんな形でもいいからそばにいたかった。そのおかげでいまではすっかり悪友が板についてしまっている。

なんでも話せる男友達。……柳瀬にとって私はきっとただの女友達でしかないはず。だからこそ言いたいことは言いあい、時には口げんかもする。けれどいつだってそばにいることができた。それだけで十分幸せだったはずなのに、その幸せがいま、こんな形で私を追いつめることになるなんて。

押しつぶされそうなほど胸が苦しくなっていく。私の気持ちに気づくはずもない柳瀬は、容赦《ようしゃ》なく胸に突《つ》きささる言葉を並べていった。

「それでさ、同中のよしみで協力してほしいんだ。皆森、小松崎さんと一年のときから仲がいいだろ？　な？　頼むよ、この通り‼」

両手を顔の前で合わせ、悲願する柳瀬に胸が張りさけそうだ。

応援《おうえん》なんてできるわけないじゃない。だって私は柳瀬が好きなんだよ？　タオルをかけたのは私。あのタオルだって私の物だ。でも……それが言えないのが私。

「……もー、仕方ないから同中のよしみで協力してあげる」

「本当かっ⁉　恩にきる‼」

パッと柳瀬の顔は明るくなる。

なにやっているんだろう、私。好きな人の恋を応援するとかバカでしょ。あぁ、でも好きな人の頼みだからこそ断れないのかもしれない。真実を話せないのかもしれない。柳瀬を悲しませたくないから。ガッカリさせたくないから。

「さっそくで悪いんだけどさ……」

そう言うと柳瀬は、バッグの中をあさりだした。そして私の前に差し出されたのはあの日、柳瀬の肩にかけたタオル。

「これ、小松崎さんに返しておいてもらえるかな？　……まだ自分の気持ちに気づいたばかりで、自分で返す勇気が出ないんだ」

「……うん、わかった」

受け取ると柳瀬は笑顔で「サンキュ」と言った。

あの日勇気を出した〝しるし〟が、私の元《もと》へ戻ってきた。洗濯《せんたく》されキレイにたたまれた状態で――。

苦手な人

静かな自分の部屋。窓《まど》の外からはチュンチュンと、スズメたちがかわいらしく鳴く声が聞こえてくる。いつもの時間にセットしてある目覚まし時計はとっくに鳴り、自分で止めていた。目もすっかりさえている。それでも今日ばかりはベッドの中から、なかなか起きあがれない。

「萌ー、なにやってるの？　早く起きなさい！」

いつもの時間に起きてこない私に、お母さんは痺《しび》れを切らしたように、一階から声を荒らげた。

「起きなくちゃ……だよね」

朝から深いため息を漏《も》らし、しぶしぶベッドから起きあがった。

柳瀬を好きになった日から、学校に行くのが楽しみで仕方なかった。柳瀬と会えない夏休みなんて本気でいらないと思ったし、二十四時間学校でもいいとさえ思うほど。

そんな私がこれほどまでに学校に行きたくないって思う日が来るとは……。

着替《きが》えを済ませ一階へと下りていくと、仕事へ行くための身支度を整えたお母さんが、慌ただしく朝食の準備を進めていた。

「あっ！　やっと起きてきたわね。お母さん、仕事行くからあとはよろしくね」

「うん、いってらっしゃい」

お母さんは朝食のことや戸締《とじま》りのことを再三言い、家を出ていった。

お父さんはすでに出勤しており、家には誰もいない。両親ともに共働きで、ふたりとも朝は早い。その分夕食は家族でとろうと、ふたりとも定時で上がってきてくれる。朝食がひとりなのはいまに始まったことではない。むしろこれが私にとって日常。

席に座り、用意されていたトーストをひと口かじる。

お母さんがつけていったままのテレビでは、陽気な音楽とともに今日の占いコーナーが始まっていた。いつも楽しみに見ていた占いも、今日は見る気がうせる。

「早く食べていかないと……」

昨日のことがあり、本当は学校を休みたい。けれど昨日の今日で休んだら、柳瀬に変に思われてしまいそうだし。

無理やり朝食を胃《い》に流しこみ、戸締りを済ませ家をあとにした。

自宅から高校までは、徒歩と電車で約三十分。最寄《もよ》り駅まで徒歩で向かい、電車にのって三駅で高校の最寄り駅に到着《とうちゃく》する。光莉とはいつも電車の中で合流し、一緒《いっしょ》に学校へ向かっていた。

歩いて向かっていると、次第に見えてきた駅。あそこから電車にのって一駅目で光莉がのってくる。

光莉はなにも知らない。いつも通りでいないと。光莉とは親友だ。出会って二年目、お互《たが》いいろいろな話をしてきた。けれどなぜか光莉とは、恋愛《れんあい》の話だけはしたことがない。

それはきっと、光莉はいまだに誰かを好きになったことがないから。……ううん、ちがうかも。誰かを好きになる暇《ひま》もないって言ったほうが、正しいのかもしれない。

改札口が見えてきてバッグの中から定期を取り出そうとしたとき、メッセが来た。

「誰だろう、こんな朝早くに」

いったん足を止めスマホを取り出す。そして画面をタップして見ると、光莉からのメッセだった。

《おはよう萌。ごめん、風邪《かぜ》引いちゃって今日は学校休みます》

かわいいスタンプとともに送られてきた文面に、ホッと胸をなでおろしてしまった。

けれどすぐに自己嫌悪《けんお》に陥《おちい》る。

やだ……私ってば最低だ。なにホッとしているのよ。光莉は風邪を引いて休むんだよ？　すぐに《わかったよ、お大事にね》と返信したものの、スマホを両手でギュッと握りしめてしまう。

ごめんね、光莉はなにも悪くないのに。明日までには気持ちの整理をつけておくから。

心の中で謝り、スマホをバッグにしまい、代わりに定期を取り出して改札口を抜けた。

高校がある最寄り駅に到着すると、電車から降りてくるのは同じ制服をまとった人ばかり。人に流されるように階段を下り、改札口を抜けていく。

学校は最寄り駅から歩いて十分の距離にある。毎朝電車の中から光莉と他愛ない話をしながら向かっている。けれど今日はひとりで、誰も話し相手がいない。

ひとりで通学するって、こんなにつまらなかったんだ。思えば光莉が学校を休むのはめずらしい。めったに風邪なんて引かないのに、大丈夫かな？　心配になり、もう一度メッセしようとバッグからスマホを取り出そうと立ち止まったとき。

「邪魔だぞー、皆森！」

「痛っ⁉」

背後から頭をコツンとされ、声をあげてしまった。すぐにとなりを見れば、白い歯をのぞかせた柳瀬がいた。

「急に立ち止まるなよな、あぶないだろ？」

朝日に照らされた柳瀬の顔がまぶしくて、朝からドキッとさせられてしまう。

「なんだよ、今度はボーッとして」

なにも言い返してこない私に不服なのか、顔をしかめた柳瀬に慌てて口を開いた。

「あっ、いやそのっ……！　今日は光莉が休みだから心配で」

「え、小松崎さん今日休みなの？」

柳瀬の表情は一変し、余裕《よゆう》のない顔で私につめよってきた。

「なんで？　体調悪いの？」

「あ……うん、風邪引いちゃったみたいで」

ついさっきまでドキッとしていたくせに、今度は胸がズキズキと痛みだす。なんて忙しない感情なんだろう。

「そっか。……今日、休みなんだ」

光莉が休みと知ると、あからさまにガッカリした柳瀬の気持ちは痛いほどわかる。好きな人に会えないと一日ブルーになっちゃうし、つまらないもの。私だってそうだ。柳瀬と会えない日はひどくつまらない一日になる。

だからこそショックだった。私が柳瀬を想うように、柳瀬も光莉のことを想っているのが、伝わってきてしまったから。

「皆森、なにやってるんだよ」

不意にかけられた声に、いつの間にか下げていた顔を上げると、柳瀬は不思議そうに私を見すえ首《くび》をかしげていた。

「早く行かないと遅刻《ちこく》しちまうだろ？　行くぞ」
二、三メートル先にいる柳瀬は、首で早く来いと合図を送ってくる。偶然《ぐうぜん》会っただけ。それなのに柳瀬は一緒に行くのはあたり前と言うように、早く来いと急かしてくる。
柳瀬にとって私は友達のひとり。だから一緒に登校するのは、あたり前のことなのかもしれない。けれど私はちがう。柳瀬……私はあんたのこと、友達だと思っていない。出会った日からずっと好きな人なんだよ？

「おーい、皆森」

「っもーうるさい！　いま行くから」

それでも私は柳瀬を拒《こば》めない。友達でもいい、そばにいられれば幸せだと思っていたから。こうやって一緒に登校できるだけで、うれしいから。

となりに並び歩きだすと柳瀬は「遅刻したら皆森のせいだ」なんて言ってきた。

「はぁ？　まだ全然余裕あるじゃない！　オーバーすぎる」

「わからないだろ？　皆森の足が遅《おそ》いから遅刻する可能性大ありだし」

「なにそれ！」

ジロリとにらめば、柳瀬はニヤニヤと笑いだす。いつもの私たちだ。何気ないやりとりに幸せを感じていた。でもいまはちがうよ。初めて知った。柳瀬と友達でいることが苦しいことに。柳瀬に好きな人がいる。それなのに私とは友達……それがこんなにも苦しいなんて。

傷ついていることに気づかれないよう、笑顔を取りつくろっていたときだった。

「幸！」

背後から柳瀬を呼ぶ声に、ドキッとしてしまう。その声には、聞き覚えがあったから。足を止めた柳瀬に続き、私もまた足を止め振《ふ》り返ると、やはり予想通りの声の主が立っていた。

「おー篤志《あつし》、めずらしいな！　ここで会うなんて」

声を弾《はず》ませる柳瀬とはちがい、私は無意識のうちに視線を下に向けた。私はカレが苦手だから。

笹沼《ささぬま》篤志はクラスメイトであり、柳瀬が一番仲のいい男友達だ。元気で明るい柳瀬とは対照的に、笹沼くんは無口で口数が少ない。いまでも私は、どうして柳瀬と笹沼くんが、いつも一緒にいるのか謎《なぞ》だったりする。

そんな笹沼くんは光莉の幼《おさな》なじみでもある。『篤志は外見で誤解されやすいけど、根はいいやつなんだよ』なんて光莉は言っているけど……。

視線を上げふたりの様子をうかがうと、柳瀬が一方的に話しているだけで、笹沼くんは相づちを打っているだけ。

身長百八十三センチもあり、モデルのようなスタイルと、サラサラ髪《がみ》から見える鋭い二重瞼《まぶた》の瞳。みんなはクールでカッコイイなんて言っているけれど、私に言わせてもらえば〝怖《こわ》い人〟だ。背が高いから、いつも見下されているような、にらまれているような気がしちゃうし。

「それにしてもめずらしいな、篤志とここで会うなんて。ちょうど皆森ともさっき偶然会ってさ。せっかくだし三人で仲よく行こうぜ」

柳瀬の粋な提案にギョッとしてしまう。いやいや、仲よく三人で登校なんて絶対無理‼　逃《に》げるが勝ちと言わんばかりに声をあげた。

「ごめん柳瀬、朝一で職員室に行かなくちゃいけないこと忘れていたから、悪いけど先に行くね」

「は？　あっ！　おい皆森⁉」

一方的に告げて立ち去っていく。去り際目が合った笹沼くんは、私をにらんでいるように見えた。やっぱり逃げて正解。笹沼くんとも一緒に登校なんて考えられない。

学校までの道のりを駆《か》けぬけていく間、脳裏《のうり》に浮かぶのは、笹沼くんとの、これまでのやりとりばかり。柳瀬とは高校一年のときから同じクラスだった笹沼くん。そこでふたりは意気投合したらしい。

笹沼くんと私は、二年生になって初めて同じクラスになった。カレは柳瀬とは仲がいいし、光莉の幼なじみってこともあって、一緒に過ごす時間は多い。けれど私と笹沼くんはあいさつを交わす程度だ。

光莉や柳瀬のとなりにいるだけで、私はカレと一度も会話をしたことがない。そもそも話す話題もないし、なにより一緒にいると威圧《いあつ》的な目で見られている気がするんだよね。『お前、邪魔なんだよ』って言っているような目で。

確証はないし、私の勝手な思いこみかもしれないけれど……笹沼くんに私は嫌《きら》われている気がしてならない。

昇降口にたどり着いたところで足を止めると息は上がっており、大きく肩を上下させた。朝から気分最悪だ。なにも事情を知らない光莉に勝手に嫉妬《しっと》して、柳瀬の言動に一喜一憂《いっきいちゆう》して。……あからさまに笹沼くんから逃げてきちゃったし。

上履《うわば》きに履きかえ、トボトボとした足取りで教室へと向かっていく。

だけど朝から立て続けに嫌なことばかり起きたんだもの。きっとこれ以上嫌な思いは、今日はしないはず。そう、思っていたんだけど……。

「よーし、みんな移動《いどう》終わったな」

学級委員長の大きな声が騒《さわ》がしい教室内に響《ひび》く。

「うわー、やっべ。マジで神席‼」

「幸うるさい」

テンション高めに喜《よろこ》ぶ柳瀬に、笹沼くんは通常運転。

「よろしくな、皆森！　……いろいろと」

斜《なな》め前の席から向けられた、柳瀬の意味深な含み笑いに苦笑いしてしまう。

朝のHR《ホームルーム》時間を利用して行われた席替え。光莉の分は私が引いたんだけど……。なにこの席。神様ってば、今日はとことん私を苦しめてくる。朝だけでは足りなかった？　十分つらい思いをしたのに。

私の新しい席は真ん中の列、前から二番目。となりの席は苦手な笹沼くん。私の前の席は光莉。……そして斜め前には柳瀬。

体育祭が終わったばかりの十月一日。今日から冬休みまでの間過ごす新しい席。それは私にとってとても長く、つらい日々のはじまりだった。

キミだけが知る真実

『ええ、嘘《うそ》！　真ん中の一番前の席って……。冗談でしょ？』

「ごめん、それが冗談じゃないんだよね」

「アハハ」と乾《かわ》いた笑い声をあげてしまうものの、電話越《ご》しからはなにも言葉が返ってこない。

席替えが行われたこの日の夜。食事と入浴を済ませ、あとは寝《ね》るだけ状態の私は、光莉と自分の部屋で電話をしていた。ベッドに腰《こし》かけ、気まずくて何度も無意識に髪に触《ふ》れてしまっていると、電話越しから盛大なため息が聞こえてきた。

『真ん中の一番前だなんて、気が抜けない席じゃない。萌ってばずいぶんと神席を引きあてくれたね』

〝神席〟。それは今日、柳瀬も言っていた言葉だった。光莉が言う〝神席〟とは意味合いは全然ちがうけれど、ドキッとしてしまう。

「……だからごめんって言っているじゃない」

それを悟《さと》られないよう平静を装う。

電話でよかった。声だけいつも通りを心がければ、バレずに済むから。私の心の中がいま、いろいろな感情で複雑《ふくざつ》にかきみだされていることを、光莉には気づかれたくない。

『まぁ、後ろの席が萌ならいっか。毎日楽しそうだしね』

「……うん」

私だって柳瀬の気持ちを知らなければ、光莉と同じ気持ちだったよ。前の席が光莉と柳瀬なんて最高だもの。

それなのにごめんね。私は不安でいっぱいなの。柳瀬と光莉の距離が縮まってしまうんじゃないか、光莉も柳瀬のことを好きになってしまうんじゃないかって不安なの。

『じゃあ頑張って明日で風邪治して、あさってには学校行けるように頑張るね』

「待ってるよ、お大事にね」

『電話ありがとう、おやすみ』

電話を切った直後、大きく息を吐《は》きながらそのままあお向けに倒《たお》れた。スマホを片手に腕《うで》で目を覆《おお》う。

「私……嫌なやつすぎる」

光莉はなにも知らない。私の気持ちも柳瀬の気持ちも。それなのに勝手に嫉妬して、親友なのに最低なこと考えて……。

光莉はいい子だ。同い年で親友。……だけど私は彼女のことを尊敬している。光莉の家は母子家庭で、光莉は家計を助けるためにと、放課後はほぼ毎日バイトしている。おまけに勉強も怠らないし、忙《いそが》しい時間の中で家事もこなしている。暇さえあれば家ではダラダラしちゃっている私とは、大ちがいだ。

それなのに忙しさを表に出すことなく、いつも笑っている。私のくだらない話にも、嫌な顔ひとつ見せず、付き合ってくれる。

私は光莉のことが大好きだ。だからこそ余計に嫉妬してしまうのかもしれない。私が男の子だったら、まちがいなく好きになるもの。それだけ光莉は魅力《みりょく》的な子。私には勝っているものなんて、ひとつもないから。

「卑屈《ひくつ》になりすぎ」

考えれば考えるほど自分が嫌な人間になっていく。

どうしてこうなっちゃったのかな？　私はただ柳瀬が好きなだけで、柳瀬のためを思って取った行動だった。それが柳瀬を勘ちがいさせてしまい、それをきっかけに光莉を好きになって……。

ただの偶然と言ってしまえばそれまでかもしれない。でも運命って言葉を用いられてしまったら、私はどうしたらいいのかな？

となりの席同士になったことで、光莉も柳瀬のことを好きになってしまったら？

ふたりが両想いになったら、私はどうするんだろう。自分の気持ちを伝えることなく、この恋は終わりを迎《むか》えてしまうのかな?

出口の見えない問題と、これからの日々のことを考えていたらこの日はなかなか寝つくことができなかった。

「ヤバイ、遅くなっちゃった」

電車から降りて改札口を抜け、駆け足で学校へと向かっていく。

昨日寝る時間が遅くなってしまったせいで、今日は寝坊《ねぼう》してしまった。いつものっている電車より一本あとの電車で向かい、時計を見れば走らなくては間に合わない時間。

歩道には私と同じように走って学校に向かう生徒が数名いる。その生徒たちと一緒に学校へと急いだ。

どうにか遅刻せずに学校に到着し教室へと向かうと、ほとんどの生徒が登校していて廊下《ろうか》にまで騒がしい声が聞こえてくる。チラリと後方のドアから教室の中の様子をのぞいてみると、柳瀬も笹沼くんもすでに登校していた。

柳瀬は窓側のほうで、クラスの男子となにやら盛りあがっており、笹沼くんはというと、静かに自分の席で本を読んでいる。

うわぁ、どうして笹沼くん自分の席にいるかな？　いや、自分の席だしいいんだけど！　柳瀬のところにいればいいのに。

気まずいけれど、いつまでもここで自分のクラスの様子を盗《ぬす》み見しているわけにはいかない。覚悟《かくご》を決め教室の中に入っていく。

それでも足取りは重く、ゆっくりになってしまう。けれど歩いていればいつかはたどり着いてしまうわけで。

やや緊張しながら自分の席に着き、椅子《いす》を引く。するとその音に笹沼くんは気づき、一瞬《いっしゅん》目が合った。ドキッとしてしまうものの、すぐに笹沼くんは何事もなかったように視線をそらし、また本を読み始めた。

うっ……！　相変わらず素《そ》っ気《け》ないというか冷たいというか、嫌われているというか。クラスメイトだしとなりの席だし。ましてや目も合ったんだから、『おはよう』くらい言ってくれてもいいのに。

そう思うくせに自分からあいさつできない私。なぜなら私からあいさつをしても、笹沼くんは返してくれない気がするから。そんな状況《じょうきょう》になったらますます気まずくなる。椅子に腰かけ、あと数分で始まるHRを待つ。

先生早く来てくれないかな。横を見ず、ただジッと前を見すえ待つこと数十秒。

「おはよう皆森！　今日は遅かったじゃん」

「柳瀬」

後ろ向きに座り、いつもの屈託《くったく》ない笑顔で私を見つめてくる。

「もしかして今日も小松崎さん休み？」

「あっ、うん……」

「そっか、残念」

オーバーにがっくりうなだれる柳瀬に、ついチラチラととなりの席の笹沼くんを見てしまう。

やっ、柳瀬ってばいいの？　笹沼くんの前で堂々としちゃっていて。自分のことのように、気が気でなくなってしまっていると、私の様子に気づいたのか柳瀬はあっけらかんと言った。

「あっ、大丈夫。篤志も俺の気持ちは知ってるから」

「え、そうなの⁉」

驚《おどろ》き柳瀬と笹沼くんの顔を交互に見てしまうと、柳瀬はびっくりする私を見て笑い、笹沼くんはまるで聞こえていないかのように、本の文字を追っている。

やはり笹沼くんは私のことが嫌いな気がする。絶対いまの話、聞こえていたはずだよね？　それなのに微動だにしないなんて……。ヒシヒシと自分が嫌われていると感じてしまう。

「席替えで協力者が後ろにふたりもいるかと思うと、マジで心強いよ！　ふたりとも、頼《たよ》りにしてるからな‼」

疑うことを知らない目で見つめられると、胸がチクリと痛む。

「うっ、うん！　もちろん」

それでもいまさら『柳瀬が好き。だから協力なんてできない』とは言えるはずもなく、笑顔で肯定《こうてい》するしかなかった。

「篤志も頼むな！」

白い歯をのぞかせて笹沼くんの顔をのぞきこむ柳瀬。けれどカレは我関《われかん》せず状態で

「邪魔するな」と小声で言っただけ。笹沼くんが素っ気ない態度を見せても、柳瀬は笑顔を絶やさない。

「まったくいつも素直じゃねぇんだから」

私の目から見たら、笹沼くんは柳瀬に協力する気配なんて、これっぽっちも感じられないのだけど……ちがうのかな？　笹沼くん、本心では協力するつもりなの？　それを柳瀬は感じとっているからこそ、笑っているのだろうか。私にはわからないふたりの関係に首をかしげてしまう。

「なぁ篤志、小松崎さんとは家が近所なんだろ？　お見舞《みま》い行ったりしねぇの？」

「は？　するわけねぇだろ？　つーかいい加減うるさい」

読書を邪魔されているからか、笹沼くんは不機嫌《ふきげん》そうに手で払《はら》った。

「なんだよ別に答えてくれたっていいだろ？　篤志ってときどき意味わかんないときがあるよな」

「幸ほどじゃねぇよ」

明るい柳瀬とクールな笹沼くん。一見すると一触即発な雰囲気だけど、これがふたりの日常。いつもこんな感じだ。

最初見たときは勝手に大丈夫かな？って心配しちゃっていたけれど、いまではすっかり慣れっこだ。そっとフェードアウトし、再び前を見すえた。

目の前は空席。黒板がよく見える。……でも明日になれば目に映る景色は一変する。光莉がいて、光莉に柳瀬は、頬を赤く染めて話しかけたりするのかな？

想像するとズキズキと胸が痛んでしまう。なら想像しなければいいだけの話。それなのに、嫌でも思い浮かべてしまうよ。

机の上にのせてある手をギュッと握りしめ、騒がしい教室内でひたすらHRが始まるのを待ち続けた。

「それじゃ今日はここまで。気をつけて帰れよ」

帰りのHRが終わると同時に、一斉《いっせい》に教室内は椅子を引く音やクラスメイトたちの話し声で騒がしくなる。

「笹沼、ちょっといいか?」

担任に呼ばれ、笹沼くんは教壇《きょうだん》のほうへと向かっていく。カレの後ろ姿を見ながら、私は小さく息を漏らした。

席替えをして二日目。カレのとなりの席で過ごす一日は、長くて居心地が悪い。前の席の柳瀬が暇さえあれば話しかけてくれるのがせめてもの救いだけど、授業中はひたすら気まずい。

授業中なんだから話すこともないんだけど、となりに笹沼くんがいるってだけで妙にソワソワしちゃうから。変な緊張感からやっと解放された!

笹沼くんが先生と話している間に、さっさと帰ってしまおうと急いで荷物をバッグにつめこんでいく。

「皆森、また明日な」

「あっ、うんまたね」

顔を上げれば、柳瀬がクラスメイト数名と、あっという間に教室から出ていった。今日はみんなと寄り道するのかな?

柳瀬はクラスのムードメーカー的存在。そんなカレのまわりには常に誰かしらがいる。誰とでも仲よくなれるし、ほかのクラスにも友達がたくさんいて、見ていると毎日ちがう友達と寄り道している感じがする。

その反面、笹沼くんは柳瀬以外の男子と、仲よく話しているところを見たことがない。柳瀬がいないと常にひとりでいるし、放課後はさっさとひとりで帰っていく。だから本当にどうして柳瀬と笹沼くんが仲いいのか、いまだに謎なんだよね。

考えをめぐらせている間も手は休めることなく動かし、荷物をつめたバッグを手に立ちあがった。

「早く帰ろう」

ひとりごとをつぶやき教室をあとにしようとしたとき。

「待って」

「え？　わっ⁉」

急に声をかけられたと思ったら、私の動きを止めるようにつかまれた腕。思わず声をあげ振り返り見上げた先には、鋭い瞳で私を見下ろす笹沼くん。

なにも言われていないのに見下ろされているだけで無意識に『すみません』と言ってしまいそうになった。それくらいカレはいつも威圧的に見えてしまうから。

「えっと……なに？」

腕をつかまれた状態の中、さりげなくあとずさり、距離を広げてしまう。それを察知したのか、笹沼くんは一歩私に近づき言った。

「これ担任に頼まれたんだ。だから一緒に来ない？」

「……へ？」

ずいぶんと間抜けな声が出てしまった私の前に、見えるように差し出されたのは、帰りのHRで配られた手紙だった。笹沼くんの言っていることが理解できていない私にわかるように、カレは言葉をつけたした。

「光莉の家に届けてくれって頼まれたんだ。……だから皆森さんも一緒に行かない？光莉も喜ぶだろうし」

無表情で淡々《たんたん》と話される内容に、目が点状態になる。そもそも笹沼くんに話しかけられたことも初めてなわけで。それなのに私は、いまから一緒に光莉の家に行こうって誘われているんだよね？

え、笹沼くんは私のことが嫌いなんじゃないの？　気遣いはうれしいけど、嫌いな相手と一緒に帰るなんて嫌じゃないのかな？

混乱と動揺《どうよう》であぜんとしてしまっていると、なにも言わない私に痺れを切らしたのか、笹沼くんは小さく舌打ちをし、私の腕をつかんだまま歩きだした。

「なにも言わないってことは行くってことでい？」

「……えぇっ⁉　あっ、ちょっと笹沼くん⁉」

強引なカレにますます私の頭の中は混乱していく。なのにお構いなしに笹沼くんはい。

私の腕を引いたまま、大股《おおまた》で進んでいくんだから、たまったものじゃな笹沼くんってば強引すぎない？　私は行くなんてひと言も言っていないし、なによ
りいまの状況、かなり最悪なんですけど。さっきからすれちがう生徒たちの視線が痛い。

そうだった、私にとって笹沼くんは苦手な人でも、みんなにとってはちがうんだ。
なぜか『クールで素敵！』って言う女子が多いんだった。
「あっ、あの！　とりあえず一回腕を離してもらってもいいかな⁉」
「無理。早く届けて帰りたいから」
居たたまれない状況に情けない声で悲願したというのに、あっさり却下《きゃっか》されてし
まった。いつも口数少なくてめったに話さない人だと思っていたけど、まさかこんな
に強引な人だったとは……！
あまりのギャップにあっけにとられる私の体を引きずるようにして、笹沼くんは校
門を抜け、最寄り駅へと向かっていった。

つかまれていた腕を離してもらえたのは、光莉の家がある最寄り駅に降りたってか
らだった。
「こっち」

首で促《うなが》されムッとしてしまう。言われなくたって光莉の家には何度も行ったことがあるし！　いちいち案内されなくてもわかる。

感情は素直に顔に出てしまっていたようで、笹沼くんも負けじと顔をしかめた。

「なに？　不機嫌そうな顔をして。無理やり連れてこられて迷惑《めいわく》だった？」

「……っ！　そんなわけじゃないけどっ……！」

そんなわけない。私だって光莉のこと心配だったし。……でも、こんな形でいきなり連れてこられて光莉に会うとなると、身構えてしまうのも事実。言葉を濁してしまうと、笹沼くんは足を止め私を見すえた。

「それとも光莉には会いたくなかった？　会えない事情でもあるの？」

素直な体は反応してしまう。

「別にそういうわけではっ……！」

必死に言い訳をしたあとに気づく。動揺していることがバレバレで、これでは『図星です』と言っているようなものだと。

「早く行こう！」

ごまかすように先に歩きだして数歩、また笹沼くんに腕をつかまれ動きを制止させられてしまった。

顔を上げれば、鋭いまなざしが向けられていて怯んでしまう。そんな私にカレは耳を疑うことを言いだした。

「どうしてすぐ幸に、タオルをかけたのは自分だって言わなかったわけ?」

「……どう、してそれを……?」

反応が鈍《にぶ》くなる。声が震えてしまう。それもそのはず。どうしてタオルのことを、笹沼くんが知っているの?

当人である柳瀬は光莉がかけてくれたと信じこんでいるというのに、どうして笹沼くんは私だって知っているの?

瞬きすることも忘れ、カレをガン見してしまう。笹沼くんは私から視線をそらさず、様子をうかがうようにジッと見つめていた。

「そんなの答えは簡単《かんたん》だろ? その場面を見てたからに決まってるじゃん」

見てたって……嘘でしょ? 信じられなくて目を見開いてしまう。

「見るつもりはなかった。……皆森さんと同じように俺も幸を探していて、それで偶然あの場に居合わせたんだ」

言いきかせるように話す笹沼くん。カレの瞳は嘘をついているように見えない。そもそもあの場面を見ていなかったら、タオルをかけたのが私だってことはわからないはずだ。じゃあ笹沼くんはあのとき、私の知らないところで一部始終を見ていたんだ。

実感すると急激に恥ずかしくなってくる。あのときの私はとにかくいっぱいいっぱいだった。顔も赤かっただろうし、行動もぎこちなかったように見えていたはず。なら気づかれてしまった……？　私の気持ちを笹沼くんに。

なんて言ったらいいのかわからなくなる。

いや、そうとは限らないよね。第一笹沼くんって恋愛にも私にも興味ないだろうし‼

理由を並べて必死に自分に言いきかせていると、笹沼くんはつかんでいた私の腕をゆっくりと離していく。初めて真正面で見るカレの素顔。真剣《しんけん》な面持《おもも》ちで見つめられると、無意識に胸が高鳴ってしまう。

いまなら少しだけわかるかもしれない。笹沼くんをカッコイイと言って、騒ぐみんなの気持ちが。

「だから今日、皆森さんが無理して幸の前で笑っているの、正直見ていてウザかった」

「……っなに、それ」

〝ウザい〟って言葉が胸に深く突きささる。誰が聞いても好意的な言葉じゃない。

「どうしてそんなこと、笹沼くんに言われなくちゃいけないの？　第一私のことウザいって思うなら、光莉のところへもひとりで来ればよかったじゃない！　私のこと、誘わないでほしかった」

吐き出された感情。悔しくて視界がぼやけていく中、怒《いか》りを伝えるように私を見下ろす笹沼くんをにらみつける。

それでもカレの表情は一切変わらない。本当になにを考えて私をここまで連れてきたの？　ただ純粋《じゅんすい》に光莉を思って……？

けれど笹沼くんの言動は、どう見ても私に対して好意的じゃない。笹沼くんの真意が読みとれず、困惑《こんわく》してしまう。

人通りのある歩道で腕をつかまれたまま見つめあう私たちを、通行人は不審な目で見てくる。どれくらいの時間が過ぎただろうか。笹沼くんがポツリとつぶやいた。

「幸のこと好きなくせに、自分は好きじゃないみたいに振るまうの、いい加減やめろよ」

「……っ」

確信を得た目にカッと顔が熱くなる。やっぱり気づかれていたんだ、笹沼くんに私の気持ち……！

とっさにつかまれていた腕を振りはらおうと力を入れるも、さらに強い力でそれを制止させられてしまう。そして挑発的な目で私を見下ろしてきた。

「なに？　気づかれてないとでも思った？　悪いけど俺、幸とちがって鈍感じゃないから。一年のときから幸と一緒にいる皆森さん見ていたら、嫌でも気づくし」

嘘、気づかれていた？　しかもそんな前から!?　驚愕《きょうがく》の真実にみるみるうちに全身の体温が上昇していく。

これじゃ笹沼くんの言っていることは、正しいと証明しているものだとわかってはいるものの、感情は素直に表に出てしまう。

「だから見ていて腹立つ。……四日前、あんな場面見せられたから余計に」

先ほどまでとはちがい、真剣な面持ちに胸が鳴る。どうして笹沼くんが腹立つのかな？　私が柳瀬のことを好きだって気づいたからって、笹沼くんにはなにも害はないでしょ？　迷惑だってかけていないはず。

それなのに『ウザかった』って言われたり、『腹立つ』って言われたり……。笹沼くんは私のことを嫌いだから？

答えが知りたくて顔を上げる。するとなぜか目をそらされ、あれほどきつくつかまれていた腕は解放された。

「やっぱ光莉のところへは、俺ひとりで行くから」

「え？　あっ、笹沼くん!?」

誘われたとき同様、一方的に言うと笹沼くんはさっさと光莉の家のほうへと行ってしまった。ぼうぜんとカレの背中を見つめてしまう。

「……なんで私を誘ったの？」

すっかり姿が見えなくなった頃《ころ》、ポツリと漏れる声。

光莉のためって言って無理やり連れてきておきながら、ここまで来て帰っていいなんてあんまりだ。笹沼くんがなにを考えているのかわからない。

けれどこれだけは言える。笹沼くんに私の気持ちを知られてしまっているということだけは。

しばらくの間、私はなかなか家路につくことができなかった。

同じだから気づかれた気持ち

《今日から学校に行くね。じゃあいつもの車両で》

次の日の朝に届いた光莉からのメッセ。かわいいスタンプもつけて送られてきた。

よかった光莉、風邪治ったんだ。まずそのことにホッとし、いつも通りの文面を見ると、昨日手紙を届けたであろう笹沼くんからは、なにも聞いていないようだ。

光莉はなにも知らない。柳瀬の気持ちも、私の気持ちも、昨日途中《とちゅう》まで私が笹沼くんと一緒に、光莉の家に向かっていたことも。

「だったらいつも通りでいないと」

メッセを返しながら自分に言いきかせる。

「よし、行こう！」

返信したあと、バッグにスマホをしまい戸締りを済ませて家を出た。

光莉とはいつも、三両目の車両で会うことになっている。短い時間だけど、電車の中でも会話が途切れることがない。そんなあたり前の日常を今日もしないと。

考え事をしている間に最寄り駅に到着し、電車にのると一駅なんてあっという間。扉《とびら》が開くとすぐにのりこんできた光莉が私を見つけると、笑顔で駆けよってきた。

「おはよう、萌！」

「おはよう光莉。風邪はもう大丈夫？」

いつも通りを心がけて笑顔でいるように努める。私の横にピタリと立つと、屈託ない笑顔を見せてきた。

「もうバッチリ！　それに二日もバイト休んじゃったからね。その分ガッツリ稼《かせ》がないと！」

「もー、そう言って無理してまたぶり返さないようにね」

「大丈夫、私の体は丈夫だから」

光莉と会うまでは、ちゃんといつも通りに接することができるか不安だったけれど、そんな不安無用だったかも。自分でも驚くほど平常運転できている。電車は発車し、お互い手すりにつかまった。

「あっ、そうだ。学校着いたら休んでいた分の授業のノート見せてくれる？　二日分ともなると、けっこうな量だし早く写しちゃわないと」

「了解《りょうかい》」

そのあとも他愛ない話をしながら光莉と学校へ向かっていった。

いつも通りでいられたのに、心が揺《ゆ》れてしまったのは学校に到着し、教室に入るそのときだった。

ふと目が合ったのは柳瀬。私と光莉の姿を確認するとパッと表情が明るくなり、ソワソワしだした。おまけにいつもはみんなと一緒になって騒いでいるというのに、今日は光莉を待っていたのだろうか。自分の席に着いてドアのほうをチラチラと見ていた。

もちろんそんな柳瀬に気づくはずもない光莉は、教室の中へと進んでいく。

「新しい席が教壇の前だと迷わず進めていいわ」

「そっ、そうだよね」

相づちを打ちながらも、気になってしまうのは柳瀬のことばかり。それとすぐ後ろの席にいるはずの笹沼くんがいないこと。

あれ？　いつもはもうとっくに登校しているはずなのに、笹沼くんまだ来ていないんだ。昨日のことがあった手前、気まずいし、まだ来ていないのは好都合だけど……。ちょっと気になってしまう。どうして今日に限って来ていないのだろうかと。それでも足を止めるわけにはいかず、柳瀬の待つ席へと向かっていたとき。

「あっ、篤志おはよう」

足を止めた光莉が、私の背後に向かって声をかけた。

「……はよ」

短い返事とともに通り過ぎていく笹沼くん。スッととなりを通り過ぎた瞬間、少しだけ風《ふ》が吹き荒れ前髪が揺れた。

「もー、相変わらず冷たいなぁ。でもあぁ見えて、昨日は真面目《まじめ》に先生に頼まれた手紙を届けてくれたんだよ？」

「えっ……あっ、そうだったんだ」

「意外と優しいところもあるでしょ？」

「……うん」

肯定するものの、正直内心では笹沼くんが優しい人だなんて思えない。本当に優しい人なら昨日のような言動は取らないはず。

止まっていた足は再び動きだし、今度こそ席へとたどり着くと途端に柳瀬が声をあげた。

「おはよう！　皆森に小松崎さん。……えっと風邪はもう大丈夫なの？」

私たちふたりにあいさつしたはずなのに、柳瀬の目はずっと光莉を追ったまま。柳瀬は光莉のことが好きなんだもん、それはあたり前の話だ。あたり前の話だからこそ、目のあたりにすると切なくなる。あぁ、本当に柳瀬は光莉のことが好きなんだなって実感させられてしまうから。

バッグを机横にかけ、腰を下ろしふたりの様子を見守った。

「おはよう柳瀬くん。これからよろしくね。それとありがとう。おかげさまでもうすっかり元気になったよ」

光莉もまたバッグを机横にかけて椅子に座ると、体を柳瀬のほうへ向けた。

「そっ、そっか。それはよかった……！」

光莉との距離が近い現状に、明らかに柳瀬は動揺している様子。覚悟はしてきたつもりだけど……やっぱりつらいな。

「あっ、そうだ。もしよかったらこれ……」

なにかを思い出したように柳瀬が机の中から取り出したのは、数枚のルーズリーフ。それを不思議そうに見つめる光莉に差し出した。

「これ、小松崎さんが休んだ授業分のノート。もしよかったらもらって」

「え……嘘、いいの？」

驚き目をパチクリさせる光莉に、柳瀬は照れくさそうに無意味に頭をかいた。

「ほら、小松崎さんいつもバイトで忙しそうだったからさ！　その……となりの席のよしみってやつで」

「アハハ」とぎこちなく笑う柳瀬に胸がズキンと痛んだ。

「ありがとう柳瀬くん。すごく助かる！　ノートは萌に見せてもらって、休み時間中に写しちゃおうと思っていたから」

心底うれしそうに微笑《ほほえ》む光莉を目の前に、柳瀬の耳はみるみるうちに赤くなっていく。

どうしよう、さっきから胸がズキズキ痛んで仕方ない。覚悟はしてきたけれど、無理かもしれない。これから毎日、ふたりのこんなやりとりを見なくてはいけないなんて。心臓をわしづかみされたような痛みが、全身に駆けめぐっていく。

柳瀬のそばにいられれば、それでいいと思っていた。……でもちがったのかな？　まちがいだった？

ちょうど先生が教室に入ってきて会話は途切れ、ふたりとも前を見すえた。するととなりで本を読んでいたはずの笹沼くんが、ポツリとつぶやいた。「そんなにつらいなら言えばいいのに」と。

先生が話を進める中、チラリと横を見る。けれど笹沼くんは何事もなかったかのように前を見て、先生の話に耳を傾《かたむ》けていた。

信じられない……！　笹沼くんってば昨日からいったいなんなの⁉

すぐに私も目線を前に向けるも、怒りはなかなか収まりそうにない。笹沼くんに柳瀬を好きなことがバレて本当に最悪！　気持ちを知られているってだけで、どうして昨日からあんまりなことばかり言われなくちゃいけないのだろう。

ＨＲ中ずっと笹沼くんに対する怒りを必死に抑え続けていた。

それから授業が始まり、休み時間に入っても柳瀬が光莉に話しかけることはなかった。休み時間になるとクラスメイトのほうへ向かい、いつものように他愛ないことで盛りあがっていたから。笹沼くんもまた授業中はもちろん、休み時間も私に話しかけてくることは一度もなかった。


四時間目の授業が終了《しゅうりょう》すると、教室内は一斉に騒がしくなる。いつもお昼ご飯は光莉とともにしていて、その日によって食べる場所は変えている。教室だったり中庭だったり学食だったり。

「萌、今日はどこで食べようか」

「天気いいから外で食べようか？」

今日は快晴。それに外で少しリフレッシュしたい気分だ。

「いいね、外で食べようか」

光莉もうなずき、ふたりでお弁当片手に席を立ったとき。

「俺らも一緒にいいかな？」

「え？」

「え？」

「は？」

柳瀬の発言に私と光莉、そして笹沼くんは声をハモらせた。どうやら笹沼くんは事前に聞いていなかったようで、ギロリと柳瀬をにらみつけた。

「おい幸、なにを勝手に──」

「俺たちもたまには外で食べたいなって思ってさ。な？　篤志」

柳瀬は笹沼くんの肩に腕をまわし、目で合図を送っている。

「いいかな？　ご一緒しても」

「えーっと……どう？　萌」

柳瀬のお願いに、光莉は困惑した顔で私に判断を委ねてきた。それはきっと光莉は、私が笹沼くんのことを苦手だと知っているからだ。

光莉から柳瀬に視線を向けると、カレは必死に私に向かって『お願い』ポーズしていた。そうだった、私……柳瀬に協力するって言っちゃったんだよね。それなのにここで嫌とは言えるはずない。

「光莉がいいなら私はいいよ。みんなで食べたほうが楽しいだろうし」

笑って言えば柳瀬は単純に喜びを噛《か》みしめ、光莉はいまだに心配そうに「本当にいいの？　無理していない？」と小声で聞いてきた。

「全然だよ、早く行こう。食べる時間なくなっちゃうし」

「気にしないで」と伝えるように明るく言うと、光莉は「それならいいけど」と言葉を濁らせた。

正直、光莉が柳瀬のことを好きになったら嫌だ。でも柳瀬が悲しい思いをするのも嫌。だからこうするしかないんだ。

「柳瀬、私たちいつも外で食べるときは中庭に行くんだけど、そこでもいい？」

「もちろん！　どこでもいいさ」

そう言ったあと、柳瀬はそっと私にだけしか聞こえないように耳打ちしてきた。

「ありがとうな、協力してくれて」

かすれた声にドキッとしてしまうも慌てて平静を装う。

「別にみんなで一緒に食べたら楽しいと思っただけだから」

いつものようにかわいげない言葉が出てしまうも、柳瀬はうれしそうに笑うばかり。

「はいはい。俺、皆森の素直じゃないところ、けっこう気に入っているから」

「……っ！」

な、にそれ。まぶしい柳瀬の笑顔に心臓が暴れだす。

「よし、じゃあさっさと行くぞ。ほら、篤志も弁当持てよ」

何事もなかったように柳瀬は、いまだに用意していない笹沼くんを促した。

「行こうか、萌」

「あっ、うん」

声をかけられてハッとし、光莉のあとを追う。四人で教室を出て向かう先は中庭。けれど光莉のとなりを歩いていたはずなのに、いつの間にか光莉のとなりを、柳瀬が歩いていた。

ふたりでなにやら楽しそうに笑いあっていて、間に入りづらい雰囲気。次第に歩くスピードは遅くなっていき、一歩後ろでふたりの様子を眺《なが》めた。

柳瀬は明るくて話しやすい。優しい一面もある。光莉は同性の目から見ても魅力的で、優しいし頑張り屋さんで。尊敬するくらいだ。

そんなふたりだもの、このまま一緒に過ごす時間が増えていったら、私がどうあがいても、両想いになっちゃうんじゃないのかな？　お互い惹《ひ》かれない理由がないもの。

もう私ってばなに考えているんだろう。自分でそう思ったくせに、勝手に傷ついている。こんな状態の中、四人で楽しく食事なんてできる？　楽しそうに話すふたりを見ても平気でいられる？

考えれば考えるほど無理な気がしてならない。とうとう足は止まってしまい、無意識のうちに声が出ていた。

「ごめん、飲み物買いたいから、先に行ってて」

「え？　あっ、萌⁉」

一方的に告げてみんなから駆け足で離れていく。感じ悪いってわかってる。それでもいまの気持ちのまま、光莉たちと一緒にご飯なんて食べられないよ。

一気に階段を駆けおり、自販機《じはんき》がある学食前にたどり着いた頃には息が上がっていた。私と同じように自販機を利用する生徒が多く列ができていた。手ぶらで戻るわけにはいかず、買うために列に並んだとき。

「さっきのは不自然じゃない？」

「笹沼くん⁉」

となりには、いつの間にか笹沼くんが立っていて、驚き声をあげてしまう。

「幸も光莉も心配してた」

そう言うと笹沼くんは大きなため息を漏らした。

「気持ちを隠すつもりなら、もっと上手にやりなよ。見ていてあきれる」

身長差もあり、相変わらず笹沼くんは私を見下ろしてくる。

いったい笹沼くんはなんなの？　昨日からずっと……！　さすがに私の堪忍袋《かんにんぶくろ》の緒《お》も切れる。ここが学校だとか、周囲に生徒がたくさんいることも忘れカレをにらみつけた。

「笹沼くんは私にどうしてほしいの？　なんで昨日からいちいち突っかかってくるの⁉」

どんなに私が声を荒らげようと、笹沼くんは至って冷静。それがまた怒りに拍車《はくしゃ》をかけた。

「私、笹沼くんに迷惑かけてないよね⁉　それなのにどうしてっ……？」

言葉が続かない。どうしてわざわざ傷つくようなことを言ってくるの？って。心が大きく揺れる。

昨日からずっと不思議だった。一年生のときから顔見知りだったけれど、一度も会話をしたことがなかった。それなのに話しかけてきたり、こうやってあとを追ってきたり。

「笹沼くん、私のこと嫌いなんでしょ？」

「は？」

「とぼけないで！　……嫌いなら私がなにをしようと関係ないでしょ？　関わらなければいいじゃない」

止まらず思っていることを言葉にすると、笹沼くんはいきなり私の腕をつかみ歩きだした。

「ちょっと笹沼くんっ⁉」

引っぱられ足がもつれそうになる状況の中、必死に声をあげる。それでも笹沼くん

「なに急に」

の足は止まらず、ズンズン前へと進んでいく。そして一階にある空き教室に入りドアを閉めたところで、やっと笹沼くんは腕を離してくれた。

普段《ふだん》使用されていない教室は埃《ほこり》っぽく、窓から差しこむ太陽の光で埃が宙《ちゅう》を舞っているのが見える。そんな教室の中で、笹沼くんは盛大にため息を漏らし心底あきれはてたまなざしを私に向けてきた。

「あのさ、あれだけ人がいる前で言うのやめてくれる？　変なうわさが立ったら嫌だろ？」

笹沼くんの言っていることは正しい。けれどそれがますます私をいら立たせる。

私がこんなに感情を露《あら》わにしてぶつけているというのに、どうしてこうも冷静でいられるの？

「言いたくもなるよ。……私には笹沼くんの考えていることがわからないもの」

感情は昂《たか》ぶっていき、いつの間にか視界がぼやけていく。涙がこぼれそうになっているのに気づき、慌てて視線を落とした。すると笹沼くんは静かに聞いてきた。

「どうして俺が皆森さんに構うのか、気になるの？」

「……っあたり前じゃない！」

ここまできてもなお冷静な笹沼くんにカッとなり、顔を上げた。それでも笹沼くんは取りみだすことなく、抑揚《よくよう》のない声で話しだした。

「言っておくけど俺は、皆森さんのことが嫌いだからこんなことをしているわけじゃないから。……それに俺を嫌いなのは皆森さんのほうでしょ？」

「なに……言って……！」

激《はげ》しく動揺させられてしまう。そんな私の瞳に笹沼くんは強いまなざしを向けてきた。

「わかるよ、見ていれば。あぁ、皆森さんは俺のこと嫌いなんだなって」

冷静に言われてしまい、いよいよ言葉が出てこなくなる。私の柳瀬に対する気持ちといい、笹沼くんに対する気持ちといい……。どうしてカレには、なにも話していないのにバレてしまうのかな？

考えをめぐらせていると一歩近づく足音。私と笹沼くんの距離が縮まった。

「別に嫌いでもいいよ。でも俺は皆森さんと同じだから放っておけない」

「──え？」

どういう……意味？　同じってなに？　あふれそうになった涙もすっかり止まり、いまはただぼうぜんと笹沼くんを見つめることしかできない。

「俺にもわかるから。……だから皆森さんを見ていると、嫌でも自分と重なって見えてイライラする」

「なに言って……」

「わからない？　一緒だって言っているのに」

被《かぶ》せられた声。威圧的な視線。鋭いまなざし。いつもと変わらない笹沼くん。でもカレの言っている意味が、どうしても理解できない。

私と一緒ってなに？　どういう意味なの？　そもそもなにに対して一緒だと言っているのだろうか。疑問が増す中、その答えを導くかのように笹沼くんが口を開いた。

「皆森さんがいま、悩《なや》んでいることと同じだって言っているんだけど」

悩んでいること？　それを言ったらもちろん恋愛に関してだけど……え、ちょっと待って。それってつまり、笹沼くんも私と同じように恋愛で悩んでいるってこと？

しかも一緒ってことは、片想い中でその相手には好きな人がいるってことなのかな？

次々と浮かぶ答えと、最後にたどり着いたもの。

「……もしかして笹沼くんの好きな人って、光莉……なの？」

いつも他人には関心を示さない人だと思う。教室でもひとりでいることが多いし、よく話す相手といったら柳瀬くらいだし。

そんな笹沼くんがどうして昨日、素直に先生に言われた通り光莉の家に手紙を届けに行ったのか。どうして光莉が喜ぶからって理由で私を誘ったのか。その答えは、笹沼くんは光莉のことが好き、だから……？

疑心暗鬼《ぎしんあんき》になりながら問いかけると、笹沼くんの眉《まゆ》が動いた。そして視線をそらすと「想像に任せるよ」とひと言。

それはつまり私の考えが、みごと的中したってことでいいんだよね？　衝撃的《しょうげきてき》すぎる話に声にならず、笹沼くんを指さし、口をパクパクさせてしまう。

嘘……笹沼くんが光莉を好き？　そりゃふたりは幼なじみで、お互いのことを下の名前で呼びあっている仲だ。でも光莉は笹沼くんとはただの幼なじみって言っていたし、笹沼くんは光莉に対しても素っ気ない。話しかけるのも、いつも光莉からだった。

けれどふと思いとどまる。笹沼くんが光莉に素っ気ないのは好き、だから？　だから素直になれないの？

笹沼くんの気持ちが信じられなくて、指さしたまま見つめてしまう。すると笹沼くんはバツが悪そうに顔をしかめ、私の指に触れそっと下ろした。

「人のこと指さすなよ」

「ごめん」

すぐに手を隠すように後ろで組んだ。けれどいまも心はかきみだされたまま。言われてもすぐには信じることなんてできないもの。笹沼くんが光莉を好き……だなんて。

どこを見たらいいのかわからず、視線が泳いでしまう。

「だから皆森さんの気持ち、わかるよ。……わかるからイライラする。伝えないって決めたなら、ちゃんと平気なフリしろって思う。できないならさっさと自分の気持ちを伝えればいい」

　笹沼くんはいとも簡単そうに言うけれど、そんな簡単にできるものじゃない。

「そんなの、無理に決まっているじゃない。好き、なんて簡単に相手に伝えられるような言葉じゃないよ。……笹沼くんだってそうでしょ？」

　光莉を好きなのに伝えないでいるのは、伝えることができないからでしょ？

「なのにどうしてそんなこと、平気で言えるの……？」

　一緒ならわかってほしい。私が柳瀬に自分の気持ちを伝えられないもどかしさを。

すがる思いで見つめる中、笹沼くんは私から視線をそらすことなく言った。

「俺は気持ちを封印することにしたから。……だからいつも通りでいる」

「封印？」

　思わず聞き返してしまうと、笹沼くんはうなずいた。

「それが相手にとっても自分にとってもいいと思うから。……でも皆森さんはちがうんだろ？　だからいまもウジウジ悩んでいる」

「それは……」

「伝えるか伝えないか、どっちかにしたら？　……でないとまわりも迷惑だから」

　きっぱり言うと、笹沼くんはそれ以上言うことはないと言わんばかりに、私に背を向けた。

「先に戻ってるから。……ふたりには皆森さんは途中で先生に捕《つか》まったって言っておくから、飲み物買ってから来るといいよ」

一方的に言い笹沼くんはさっさと出ていってしまった。ガタンとドアが閉まる音が異様に響き、教室の外からは騒がしい雑音が耳に届く。

けれど私の頭の中は、笹沼くんの言葉で埋めつくされていた。笹沼くんが光莉のことを好きってこと。そして、カレが私に言ったこと。

『伝えるか伝えないか、どっちかにしたら？　……でないとまわりも迷惑だから』

笹沼くんの言う通りだと思う。現にさっきの私の言動は、迷惑をかけたにちがいない。でもだからといって、すぐに割りきれるわけがない。現実を受けいれることができるわけないじゃない。

私と笹沼くんはちがう。私は器用な人間じゃない。なにより柳瀬に対する気持ちは、言われたからって簡単に封印できるようなものじゃないもん。

悔しい……！　言われるがままでなにも言い返せない自分も、笹沼くんが言っていることは正しいと思ってしまっている自分も。

好きなのに伝えられない。柳瀬が勘ちがいしていたのに真実を言うことができなかった。協力するなんて言ってしまった。すべてが悔しいよ。

どうすることもできない感情のはけ口が見つからない。私……どうしたらいいのかな？　ただ柳瀬が好きなだけなのに。

このままずっと空き教室にいるわけにはいかず、悔しさを噛みころして自販機に向かい、みんなが待つ中庭へと向かっていった。

カレを好きになった理由

「疲れた……」

学校から帰宅するとすぐに、ベッドにうつ伏せの状態で倒れこんだ。そのまま寝返りを打ちあお向けになる。

もしかしたら今日は、高校生活の中で一番疲れた一日だったかもしれない。昼休み、空き教室に残された私は、急いで飲み物を買い中庭へ向かった。それからはいつも通りを心がけ、みんなと昼休みを過ごしたわけだけど……。

ずっと笹沼くんのことが気になって仕方なかった。またなにか言われるかもしれないって気が気じゃなかった。けれど結局なにも言われず、一日は終わったわけだけど。

ぬくりと起きあがり、タンスの上に飾《かざ》られている中学校の卒業アルバムを手にし、ベッドに腰かけページをめくった。

急に見たくなった。中学時代の思い出を。中学三年生の頃の写真が多く掲載されていて、自分が写っている写真の中には、必ずと言っていいほど柳瀬がいる。

中学三年生になってからだったけど、私たちは仲がよかった。なにをするにも一緒だった。もちろん最初からそうだったわけじゃない。むしろ柳瀬の存在を知ったのは、中学二年生のときだったし、よく話すようになったのは三年生になってからだ。

懐《なつ》かしい思い出をたどっていく。柳瀬との出会い。……そして私が柳瀬を好きになった経緯《けいい》を。

＊　＊　＊

クラクラする。校長先生の声が、耳に入ってこない。

真夏の体育館。中学二年の一学期終業式のこの日、明日から始まる夏休みに向けての注意事項《じこう》が、校長先生の口から長々と語られていた。当然エアコンなどかかっていない体育館内は、窓は全開ながらも風は入ってこなくて、全校生徒ですしづめ状態だし、体感温度は上昇している。

おなかが痛い。苦しい。先月初めてなった生理痛の痛みに慣れず、とまどいも相まって痛さが増していく。

早く終わらないかな。もういいよ。でも校長先生の話が終わっても、生徒会とか生活指導の先生の話が残っているんだよね、たしか。

そう思うと気が遠くなりそうだ。足を踏《ふ》んばらせ、どうにか立っているのがやっと。

そろそろ限界かも。恥ずかしいけど、近くにいる先生に話して後ろで休ませてもらおう。座れば少しは目眩《めまい》も痛みも和らぐはず。

迷いながらも覚悟を決め、フラフラする足取りで生徒の間を抜けていく。

「ごめんなさい」

小声で謝りながら、体育館脇《わき》にいる先生の元へ行こうと足を進めていたとき、グラリと揺れる視界。それはまるでスローモーション映像のようだった。反転する世界。目に映るのは体育館の天井《てんじょう》。そして全身に襲《おそ》ってきた鈍い痛み。

「痛っ……」

意識がもうろうとし、周囲にいた生徒たちの叫《さけ》び声が響く中、私が最後に見た景色は一目散に駆けよってきたカレの姿だった。


「んっ……あれ？　ここは」

目を覚ますと鼻《はな》をかすめたのは、ツンとつく消毒液のにおい。そして目に飛びこんできたのは、真っ白なクロス。

「目を覚ましたかしら」

仕切られていたカーテンが開かれると、そこに立っていたのは養護教諭《ようごきょうゆ》だった。目を覚ました状態の私を見ると頬を緩《ゆる》ませ、優しい声色で問いかけてきた。

「体調は大丈夫？　痛いところはないかしら」

「痛いところ……」

いまだに状況が把握《はあく》できていない。どうして私、保健室のベッドの上で寝ているんだっけ？　片手を額《ひたい》にあてて考えていると気づいたのか、先生は話してくれた。

「覚えてない？　終業式中に倒れたこと。だめじゃない、体調悪いなら無理せずにすぐに言わないと」

ベッド脇に腰かけた先生に注意されて思い出した。

そうだった。私、気分が悪くなって限界で……近くの先生に言って休ませてもらおうと思ったんだった。

「私、倒れちゃったんですね」

やっと状況がのみこめるとガックリうなだれた。最悪だ。全校生徒の前で倒れるとか。

「あっ、終業式は？」

カーテンに周囲を覆われていて、時計で時間を確認することができない。

「もう終わったわ。下校時刻も過ぎてるしね」

「……そんなに時間が経っていたんですね」

驚き目を見開いてしまう。自分が思った以上に長い時間、眠《ねむ》ってしまっていたようだ。

「家に連絡《れんらく》入れたけど出なかったから、ご両親はお仕事中かしら?」

「はい、共働きで……」

「やっぱりそうなのね。大橋《おおはし》先生が目を覚ましたら送っていくって言っていたから、連絡してくるわ」

「すみません」

大橋先生は、私の担任の先生だ。先生はカーテンを閉め、内線で大橋先生へ電話をかけ始めた。先生の声が耳に響く中、ある疑問が思い浮かぶ。

倒れた私がここで眠っていたってことは、誰かがここまで運んできてくれたってことだよね?

「皆森さんの荷物を持って大橋先生が迎えに来てくれるそうよ、起きられるかしら」

電話を終えた先生が戻ってくると、カーテンをすべて開けてくれた。終業式のこの日は午前中で学校は終わり。すでにお昼を過ぎていて、窓の外に見えるグラウンドでは、野球部やサッカー部、陸上部などの練習が行われていた。

「大丈夫です」

寝たらだいぶよくなったし、気持ち悪くもない。布団をめくり起きあがった。

「頭は打っていないようだけど、もしあとから痛みを感じたら、すぐに病院へ行きなさいね」

「はい。……あの、ひとつ聞いてもいいですか？」

ベッドから立ちあがり、先生に一歩近づいた。

「私をここまで運んでくれたのは、大橋先生ですか？」

脳裏に浮かぶのは、意識を失う前に見たあるひとりの姿。駆けよってきてくれてい
た……よね？

「それも覚えていないのね。皆森さんをここまで運んでくれたのは、三組の柳瀬くん
よ。知り合いかしら」

「柳瀬……くん」

ううん、知り合いなんかじゃない。となりのクラスで名前も顔も知らない人だ。

「倒れた皆森さんに一目散に駆けよって、抱《だ》きかかえてすぐにここまで運んでくれた
のよ」

「フフフ」と笑いながら最後に「お姫様抱っこでね」とつけくわえられた。

「え！　お姫様抱っこですか⁉」

まさかの話に声を荒らげてしまうと、先生はますます頬を緩めた。

「えぇ、私もびっくりしたわ。まるで映画のワンシーンのようだった」

映画のワンシーン。そりゃ私だって見たことある。男の人が女の人をお姫様抱っこ

する場面を。けれどそれがまさか自分の身に起きようとは……！　しかも意識を失っている間に‼

「夏休みが明けたら、お礼を言いなさい。柳瀬くん、皆森さんのことを心配していたから」

「あっ、はい」

心配……してくれていたんだ。私がカレを知らないように、カレも私のことなんて知らないはず。それなのに、心配してくれていたなんて。

トクンと胸が鳴り、とっさに手で胸もとを押さえてしまった。

なんだろう、これ。胸の中がドキドキしたり、うれしいと思ったり、いろいろな感情に覆われていく。

それから大橋先生が運転する車で自宅に送りとどけてもらった。

『ゆっくり休め』の言いつけ通り、すぐに着替えてベッドの中に入るものの、考えてしまうのは〝柳瀬くん〟のことばかり。

「どんな人なんだろ、柳瀬くんって」

寝返りを打ったあと、瞼を閉じ想像してみるけれど想像できない。顔はうろ覚えだし、どんな人かもわからないし。

どうして柳瀬くんは私のことを助けてくれたのかな？　心配してくれたのかな？　私たち、友達でもクラスメイトでもないのに。

長い夏休み期間中、気づけば柳瀬くんのことばかり考えてしまっていた。

そして迎えた新学期。登校して向かう先は自分の教室ではなく、柳瀬くんがいる三組。

騒がしい教室内。ほかのクラスって、自分のクラスとは雰囲気がちがって苦手。おまけに三組に知り合いなんていないし。

それでも柳瀬くんがどんな人なのか知りたい。終業式の日、助けてくれたお礼を言いたい。そんな思いでまるで泥棒《どろぼう》のように三組の教室を盗み見ること数十秒。

「あれ？　もしかして貧血女？」

「……っ⁉」

背後から突然《とつぜん》聞こえてきた声に、心臓が飛びはねてしまった。すぐに振り返ると、そこには真っ黒に日焼けした男の子が、屈託ない笑顔を向けていた。

顔を知らない男の子。でも直感でわかった。目の前にいる人が柳瀬くんだって。私の顔をまじまじと見ると、カレは目尻《めじり》にしわをたくさん作って笑った。

「あっ、やっぱ貧血女だ！　終業式の日、大丈夫だった？」

「あっ……！　あの日は助けてくれて、本当にありがとう‼」

カレの笑顔に魅了《みりょう》されながらも、慌てて頭を下げた。

「えー、なんだよ。もしかして礼を言いにわざわざ来てくれたわけ？」

「……うん」

うなずき顔を上げると、やっぱりカレ……柳瀬くんは笑っていた。

「当然のことをしたまでなのに」

「そんなっ！　柳瀬くんがしてくれたこと、誰にでもできることじゃないよ。……本当にありがとう」

再度「ありがとう」と伝えると、柳瀬くんは面食らったあと、「ククク ッ」と喉もとを鳴らした。

え、どうして笑うの？　私、笑わせること言っていないよね？　なにかマズイことでも言ったのかと、自分が言った内容を思い出していると、柳瀬くんは「ごめんごめん」と謝ってきた。

「名前は？」

「え？」

キョトンとしてしまうと柳瀬くんはクスリと笑う。

「なに？　ずっと貧血女って呼ばれたいわけ？」

すぐに首を横に振る。そういえばさっきから柳瀬くん、私のことを貧血女って呼んでたよね？　しみじみ考えるとなんて失礼な呼び名だろうか。でもそれは柳瀬くんが私の名前を知らないからで。

「じゃあ教えてよ」

首をかしげ聞いてくるカレに伝えた。

「……皆森萌」

ポツリと自分の名前をつぶやくと、柳瀬くんは満足げにうなずき手を差し出してきた。

「今日から友達。よろしくな、皆森！」

「え？　あっ！」

ためらう私の手を無理やりつかみ、ブンブンとつないだ手を振ってくる。強引だけど笑顔が印象的で、きっと優しい人なんだって思った。

それが柳瀬と初めて対面したときに思った率直な印象。もしかしたらこの日から私は、柳瀬を好きになってしまっていたのかもしれない。

クラスがちがっても、柳瀬は廊下ですれちがったりするたびに声をかけてくれた。最初はとまどっていたけれど、柳瀬は話し上手で、すぐに私の心の中に入りこんできた。

次第に私は学校で柳瀬に会うことが楽しみになっていって、柳瀬の笑顔を見ることができたらうれしくなって……。この感情が〝好き〟だってことに気づくのに、そう時間はかからなかった。

柳瀬のことを好きって気づいて迎えた中学三年の新学期。学校に向かう途中、心臓が壊《こわ》れてしまうんじゃないかってほど緊張していた。

柳瀬と同じクラスになりたかった。中学最後の一年間、柳瀬とクラスメイトとして過ごして、卒業したかったから。

ドキドキしながら昇降口に貼《は》り出されているクラス割り表を見る。順番に一組、二組……と必死に探すのは自分の名前ではなく、柳瀬の名前。最後の五組になってやっと見つけた柳瀬の名前。より一層緊張が増す中、五組の名簿を順に追っていく。

「……嘘」

そこで見つけたのは〝皆森萌〟。夢のような現実がすぐに信じられなくて、何度も柳瀬と自分の名前を見てしまう。

私……柳瀬と同じクラスになれたんだ。ひしひしと実感してくると、うれしさが爆発する。もちろんまわりにたくさんの生徒がいることは理解しており、あふれる喜びをひたすら噛みしめていた。

中学最後の一年間は、まるで夢のような時間だった。柳瀬とは出席番号が近くて、新学期からいきなりとなりの席になれたおかげで、距離がグッと縮まった。

柳瀬はとにかく明るくて、誰に対しても平等に接してくれる。そんなカレは常にクラスの中心にいて、私も柳瀬のおかげで楽しい日々が送れたと思う。

クラスマッチに文化祭、修学旅行……。学校の行事はもちろん、休日にもよくクラスメイトたちと集まって遊んでいた。受験が近づけばみんなで勉強した。

そして柳瀬とは週番が一緒で、週番のたびにふたりで先生に頼まれた資料を取りに行ったり、放課後残って日誌を書いたり。柳瀬と一緒に過ごせる時間は幸せで、だから思ってしまったんだ。

仲よくなればなるほど強くなった思い。いまの関係が崩れてしまうのなら、このままでいいと。

柳瀬は恋愛にまるっきり興味がなさそうだった。それよりも友達と過ごす時間が楽しいって言っちゃうやつだったから。

そんな柳瀬に『好き』って言っても私の気持ちは届くはずないし、むしろ気まずくなって話せなくなるのが怖かった。それならいっそ、友達のままそばにいられればいいと思った。一番近くでカレの笑顔を見ることができればいいって。

みんなで遊ぶとき、必ず私を誘ってくれた。ひとりでいると声をかけてくれた。くだらないことで、ふざけあって笑いあった。

週番のたびに、右端《みぎはし》の黒板に日付と曜日。そして柳瀬と私の名前が書かれている。それだけで十分幸せだった。

ささいな幸せに満足して、なにもできなかった中学時代。それは高校生になっても変わらなかったんだ。

＊　＊　＊

「私……まちがっていたのかもしれない」

アルバムに写る自分と柳瀬を指でなでる。いまの関係を壊したくない。柳瀬と話せなくなるのが嫌とか、そばにいられなくなるのが怖いとか。理由ばかり並べていた。でも柳瀬と出会った日からいままでのことを思い出すと、まちがっていたのかもしれないと思う。

だって柳瀬だよ？　たとえ私が告白して気持ちに応えられなかったとしても、柳瀬は私を避《さ》けたりしないはず。柳瀬のことだ。いままで通りに接してくれたはずだよ。

柳瀬のことが好きならわかるはずだったのに。

いまさら気づいたのは、きっと考えることもしなかったからだ。自分が柳瀬に告白することも、告白したあとのことも。

どうして勇気を出さなかったのかな？　こんなことになるなら、もっと早く告白しちゃえばよかった。自分の気持ちを伝えていれば、心から柳瀬の恋の応援をできていたはず。

それなのにいまの私はなに？　好きって言うこともできない。柳瀬の幸せを願うこともできない。笹沼くんのように、柳瀬への恋心を封印することをできる自信がない。

「どうしたらいいんだろう、私……」

楽しそうに肩を並べて笑って写る自分と柳瀬の写真に、ポタポタとこぼれ落ちていく滴《しずく》。

誰もいない家の中でしばらくの間、声を押し殺して泣いてしまった。

これが私の選んだ道

次の日、学校ではとんでもないうわさが流れていた。

「なぁ、確認だけどお前ら……デキてないよな？」

「は？」

「え？」

この日の朝、どんな顔をして笹沼くんと会えばいいのかと悩みながらも、いつも通り光莉と登校した。すると柳瀬は席に着いた私と、先に登校し本を読んでいた笹沼くんを交互に見て、恐《おそ》る恐る、耳を疑うようなことを聞いてきたのだ。

奇想天外すぎる話にフリーズしてしまう。それは笹沼くんも同じだったようで、一瞬沈黙《ちんもく》に包まれた。

「なんだよ、当事者のくせにふたりとも知らないのか？　昨日からすっげぇうわさになっていたみたいだぜ。篤志と皆森が付き合ってるって」

なにそれ、どうして急にそんなうわさが？　根も葉もないうわさ話に目を白黒させるばかり。次の瞬間となりからは盛大なため息が聞こえてきた。

「アホらし。どうしてそんなうわさが流れたのかわからないけど、聞くまでもなくデマに決まっているだろ？」

きっぱり否定する笹沼くん。すると柳瀬は視線を私に向け、「本当に？」と聞いてきたものだから、何度もうなずいてしまった。

「そっか……やっぱそうだよな」

やっと柳瀬も信じてくれたようだ。ホッと胸をなでおろすと、光莉が体を後ろに向け言った。

「でもどうして急にそんなうわさが流れたんだろうね」

「知るかよ。すっげ迷惑」

笹沼くんは素っ気なく言うと、また本の文字を追い始めた。とっさに光莉と目を合わせてしまう。

「っとにこいつはなにに対しても関心がないっつーか、冷たいっていうか……」

笹沼くんの態度に柳瀬はあきれ気味に言った。けれど本当にどうして急に、私と笹沼くんが付き合っているなんてうわさが流れてしまったのかな？　そんなそぶり見せていないし、なにより現実はうわさとはかけはなれている。

「萌、うわさなんてすぐ消えちゃうだろうし、気にしないほうがいいよ？」

大きな瞳を揺らして心配してくれる光莉。

「うん、ありがとう」

そうだよ、笹沼くんが好きなのは光莉だ。笹沼くんだけじゃない、柳瀬だってそう。ふたりが好きなのは、キレイで笑顔がかわいくて優しくて……尊敬もできちゃう光莉なんだ。

ここ数日間で何度も自分に言いきかせたこと。それなのに柳瀬が好きなのは光莉だと再認識しちゃうと、切なくなる。

「もうチャイム鳴ってるぞー」

先生が教室に入ってくるとクラスメイトたちは席に着き、柳瀬と光莉も体を前に向けた。そして始まった朝のＨＲ。先生の話をボーッと聞いていると、机をトントンと指で叩《たた》く音が聞こえてきた。

え、なに？　すぐにとなりを見ると笹沼くんが前を見すえたまま机を指さしていた。なんだろう、机？

指さす方向を目で追っていくと、机の上には小さく折りたたまれた紙があった。手に取り開くとそこにはこう書かれていた。《そんな顔していると、そのうちバレるよ》って。

なにこれ……！　どうしておとといから笹沼くんってば、いちいち突っかかってくるかな？　いくら私と同じ立場だからと言ったって、誰もが笹沼くんのように、自分の気持ちを封印できるなんて思わないでほしい。

普通は悩むから。どうしたらいいのかわからなくなる。切ないくらい、胸が苦しくなるもの。

空いているスペースに《余計なお世話です》と返事を書き、折りたたんで先生にバレないように、そっと笹沼くんの机に置いた。

前を見すえながらもチラッととなりを見れば、笹沼くんは紙を見ていて、なにやらまた書きこんでいる。

なんなの？　またなにか文句言うつもり？　笹沼くんの動向が気になるも、気にしていないそぶりを見せながら前を見すえていると、再び机の端に置かれた紙。

すぐに手に取り見ると《幸に言うか言わないか、いい加減ハッキリしたら？》と書かれていた。そんなの私が一番よくわかっているから。悔しくて紙をギュッと握りしめた。それ以上返事を書く気になれず、先生の話に耳を傾け続けた。


「ねぇ、あの子でしょ？　笹沼くんとうわさの……」

「全然普通の子じゃない」

「付き合ってるって本当なのかな？」

昼休み。光莉と廊下を歩いていると、聞こえてくるうわさ話。今日は一日ずっとこんな感じ。移動教室や体育のたびにコソコソ話されていた。

私も光莉と同意見だ。根も葉もないうわさ話なんて、すぐに消えてしまうはず。そうわかっていても、一日中注目され、コソコソと陰で話されているのを聞いたり見たりすると、げんなりしてしまっていた。

いまだってただ自販機へ、飲み物を買いに向かっているだけだ。その道中でさえうわさされるとは……。次第に視線も下がっていく。堂々と前を向いていられない。

「萌……大丈夫？」

「うん……」

すかさず光莉が声をかけてくれるものの、ぎこちない笑顔を向けるだけで精いっぱいだった。自販機で飲み物を買い、光莉の提案で比較的《ひかくてき》人気《ひとけ》の少ない、別棟の空き教室にやってきた。

「うん、ちょっと埃っぽいけどここなら誰も来ないだろうし、ゆっくりできるよね」

「ありがとう、光莉」

本当に光莉のこういう優しいところ、大好きだ。……大好きだからこそ、複雑な気持ちで埋めつくされてしまうよ。

窓を開けて椅子に座り、買ってきた飲み物を飲む。すると光莉はポツリポツリと話しだした。

「あのね……前にも話したかもしれないけど篤志、見た目じゃ誤解されやすいけど、本当はすごくいいやつなんだ」

口を挟《はさ》まず光莉の話を聞く体勢に入った。

「篤志とは物心つく頃からの付き合いなんだけど、ほら……うちって母子家庭でしょ？　それでいろいろと言われることがあってさ。でもそのたびに篤志がかばってくれたの」

「笹沼くんが？」

ちょっと信じられなくて口を挟んでしまった。すると光莉はクスリと笑みを漏らした。

「想像できないかもしれないけど、誰よりも優しい人なの。自分のことより人のことを考えちゃうんだ」

光莉の言葉にドキッとしてしまう。〝誰よりも人のことを考えちゃう〟。それはなんとなくわかるから。

私に対する言動は、きっと光莉を思ってのことだと思う。……それとたぶん、私のことを考えてのこと。自分と同じ境遇の私を見て腹が立つみたいに言っていたけれど、遠まわしにこう言いたいのかな？って思った。

『いまのままじゃ自分はもちろん、相手もまわりも傷つけることになるんだ』って。

光莉の話を聞いて、余計にそう思っちゃったよ。

「大きくなるにつれて口数が減っちゃったけど、優しいのは変わらないの。……だからね、今朝柳瀬くんの話を聞いたとき、一瞬うれしくなっちゃった」

「え、どうして？」

意味がわからず首をかしげる私に、光莉はちょっぴり舌を出し明るい声で言った。

「私にとって篤志も萌も大好きで大切な存在なの。そんなふたりが付き合ってたって聞いたら、誰だってうれしくなるものじゃない？」

「なっ……！」

声を荒らげてしまうと、すぐに光莉は声をあげて笑いだした。

「アハハッ！　もちろん私の勝手な願いだから。大好きなふたりがそうなったらうれしいなって思っただけ」

うれしい……だなんて。偶然にも知ってしまった笹沼くんの気持ち。いまの話をカレが聞いたらどう思うのかな。笹沼くんの気持ちを考えると、聞かずにはいられなかった。

「光莉は、さ……笹沼くんと小さい頃から幼なじみで、かばってもらったりして、その……好きになったりしないの？」

私と同じように、大切で大好きな存在って言っていたよね？　それはつまり恋心ではないのかな？　しどろもどろになりながら問いかけると、光莉はすぐに答えてくれた。

「それはないかな？　篤志とはなんていうか……家族みたいな関係だから」

「家族？」

聞き返してしまうと、光莉は大きくうなずいた。

「親同士も仲よくて、よく私はお母さんが仕事で家にいないと、篤志の家に預けられていたの。だから兄妹みたいに育ったし、向こうもそう思っているんじゃないのかな？　それでよく助けてくれたんだと思う」

うれしそうに話す光莉に『それはちがうよ』と、言いそうになってしまった。喉もとまで出かかった言葉を必死にのみこむ。

笹沼くんは光莉のこと、兄妹みたいな存在だって絶対思っていないよ。光莉のことを守って、かばったり優しくしてくれるのは、光莉のことが好きだから。

そこで初めて気づく。笹沼くんはそんなに前から、光莉のことを想っていたのかもしれないと。

自分のことばかりで、笹沼くんの気持ちなんて考えられなかったけど……。笹沼くんはどんな思いで光莉への気持ちを封印したのかな？　ずっと昔から一緒にいるのに、光莉はまったく笹沼くんの気持ちに気づいていないようだし。

そこまでして光莉に自分の想いを伝えない意味はなに？　私のように勇気が出なくて、いままでズルズルきてしまっただけ？　それとも——。

「私は誰よりも篤志に幸せになってもらいたいの」

「え？」

考えをめぐらせているときだった。光莉が急にそんなことを言いだしたのは。

「家族のように大切な存在だから、幸せになってほしい。だから高校で篤志に柳瀬くんみたいな親友ができてうれしかったの。……これで素敵な彼女ができれば、なにも言うことないんだけどね」

なぜだろう、胸がモヤモヤする。笹沼くんは光莉が好き。光莉だって笹沼くんのこと、ちがった形だけど、とても大切に思っている。

お互いを大切に思う気持ちは同じはずなのに、恋愛としての好きか好きじゃないか。たったそれだけのことで、こんなに意味がちがうものに聞こえてしまうよ。

でも私には光莉が笹沼くんを想う気持ちが、痛いほど伝わってきた。それなのにいまここで、光莉の気持ちを否定することなんてできない。笹沼くんは光莉のことが好きだからだよなんて、絶対に言えないよ。

唇《くちびる》をキュッと噛みしめ、すぐに笑顔を取りつくろった。

「話してくれてありがとう。光莉が笹沼くんを想う気持ち、ちゃんと伝わった」

「ううん、こっちこそこんな話聞かせちゃってごめんね。……でもうれしい、そう言ってくれて。できればその……萌にも篤志のよさをわかってほしいから」

「だから一方的に話しちゃったの」とつけたし頭をかく光莉。柳瀬も笹沼くんも、光莉を好きになっちゃう理由が嫌ってほどわかる。

だから私の胸は、こんなにも苦しいんだ。大好きで大切な存在の光莉がライバルだから。私にはないものを持っていて、勝てないとわかっているから。

私はこれからどうしたいのかな？　光莉にも柳瀬にも、自分の気持ちを隠しとおしていくの？　自分の気持ちを抑えこめる？

かといっていまさら柳瀬に告白なんてする勇気ない。協力するって言ったのに、言えるわけないよ。光莉にだって……言えない。

まぶしいくらい純粋な光莉に対して、私の心の中は真っ黒だ。光莉はなにも悪くないのに勝手に嫉妬して、嘘ついてる。

本当の私の心の中を知ったら、きっと光莉は私を軽蔑《けいべつ》しちゃうでしょ？　嫌いになるはず。だから私は言えない。……誰にも自分の気持ちを伝えることはできないよ。

「それじゃまた明日、気をつけて帰れよ」

帰りのＨＲが終わると、一斉に教室内は騒がしくなる。

「ごめん萌、バイトだから先に帰るね」

「うん、気をつけてね」

今日はいつもよりバイトに入る時間が早いようで、HRが終わるとすぐに光莉は教室を飛び出していった。風邪が治ったばかりなのにバイトなんて心配だけど、正直別々に帰ることになってホッとした。

机の中の物をバッグの中につめこんでいく。今日はとにかく早く帰りたい。帰ってひとりになりたい。そんな思いでバッグを手にし、立ちあがったとき。

「皆森、ちょっといいか？」

声をかけてきたのは柳瀬だった。立ちあがった私に、再び椅子に座るよう促してくる。

えっと……どうしよう。とっさに『用事があるから』と言いそうになったけれど、いつになく真剣な面持ちの柳瀬を前にしたら言えなかった。

「どうしたの？」

再び腰を下ろし、柳瀬に問いかける。チラッと周囲を見れば、ドアのほうで笹沼くんが先生と話していた。ひとまず笹沼くんが見ていないことにホッとし、再び柳瀬のほうを見ると、椅子を前に引き私との距離を縮めてきた。

驚きほんの少しのけぞってしまう中、柳瀬は真剣な面持ちのまま大きく瞳を揺らした。

「なぁ、大丈夫か？」

「え、なに急に」

やぶからぼうに言われても、なにに対しての〝大丈夫〟なのかわからない。もしかして今朝のうわさのこと……？　なんて答えたらいいのかわからず迷っていると、柳瀬は声を潜《ひそ》めて話しだした。

「いや、なんか今日ずっと元気がなかったからさ。……皆森が元気ないと調子狂《くる》う」

「柳瀬……」

意外なカレの本音に目が点になる。柳瀬は照れくさそうに頭をガシガシとかきながらも、話を続けた。

「もしかして今朝俺が余計なことを言ったせいかと思って。……俺が言わなければ気づかなかっただろ？　それで嫌な思いさせちまったなら、悪かった」

頭を下げた柳瀬にギョッとし、慌てて声をあげた。

「どうして柳瀬が謝るの⁉　これだけ学校中に広まっちゃっているんだもん。柳瀬から聞かなくても、すぐ耳に入ってたよ。……それに私は元気だから」

いつになく弱腰で落ちこんでいる柳瀬を安心させたくて笑って言ったものの、柳瀬の表情は晴れない。それどころかますます曇《くも》っていく。

「柳瀬……？」

たまらず声をかけると、柳瀬は声を絞《しぼ》るように言った。

「俺たち、何年一緒にいると思っているんだよ。……皆森が元気ないことくらい、嫌でも気づくわ。それなのに嘘つくんじゃねぇよ」

「痛っ」

頭をげんこつでコツンとされ、声を漏らしてしまう。すぐにその箇所《かしょ》を手で押さえると、柳瀬はクスリと笑った。

「今朝のことが原因じゃないなら、ほかに理由があるんだろ？　……俺たちは友達だ。つらいときはいつでも頼れよな」

はにかむ柳瀬に胸が締めつけられていく。それと同時に複雑な感情が込みあげてくる。うれしくて切なくて苦しい。

柳瀬のそばにいたかった。そんな自分が招いた結果がコレなんだと思う。柳瀬は私のことを友達だと言ってくれる。だから頼れって。それはうれしい反面、柳瀬に恋心を抱《いだ》いている私には残酷《ざんこく》な言葉。

「うん、ありがとう。……本当につらいときは頼りにするから」

自分の気持ちにふたをして、精いっぱいの笑顔を柳瀬に向ける。

ごめんね、柳瀬。私……嘘ついてる。柳瀬は私のことを友達だって言ってくれたけど、私はちがうの。好きなの。

「おう、頼れ頼れ」

柳瀬の笑顔がまぶしいよ。どうして私、柳瀬の友達になっちゃったのかな？　嫌なわけじゃない。……けれど私がなりたかったのは柳瀬の彼女だから。

「幸」

「あっ、終わったか？　んじゃ帰ろう」

先生との話が終わったようで、笹沼くんが戻ってきた。すると柳瀬は立ちあがり「また明日な」と言いふたりで教室を出ていった。最後に笹沼くんはチラリと振り返り私を見て。

手を振って見送っていた私の顔はふたりの姿が見えなくなると、次第に色をなくしていく。手の動きは止まり、もう片方の手でギュッと握りしめた。

笹沼くんの言う通りだ。いまの私じゃだめだよ。柳瀬も光莉も私のことを心配してくれる。そんなふたりにいまのままでいいの？

次第に教室からいなくなっていくクラスメイト。気づけば教室には自分ひとりだけになっていた。席に着いたまま、見つめてしまう先は前のふたつの席。

柳瀬のことは好き。正直、いまの関係を壊したくない。それに光莉のことだって大好きだ。ふたりはお似合いだと思う。お互い相手のことを思いやれる優しい一面を持っていて、悪いところなんてひとつもない。

だったらいいんじゃないのかな？　……きっかけがどうであろうと、柳瀬は光莉のことが好きになったんだ。なら応援してもいいよね？　このままずっと柳瀬のそばにいたいなら、応援するべきだよね？

いますぐには無理かもしれない。……でも時間が経てば柳瀬への気持ちも消すことができる。そう信じてもいいよね？　私は柳瀬の笑顔が好き、だから。

おもむろにバッグにしまったノートと筆箱を取り出した。そしてノートを破き、ペンを滑《すべ》らせていく。それを適当な大きさに折り、バッグにノートと筆箱をしまって席を立った。

放課後の廊下はシンと静まり返っていて、外から運動部の威勢のいい声が聞こえてくる。自分の足音が響く廊下で手にしていた紙をギュッと強く握った。昇降口にたどり着き、周囲を気にしながらある人物のげた箱を確認する。

誰もいないよね？　再度まわりを見て誰もいないことを確認し、扉を開けて手にしていた紙を入れた。そしてすぐにそのまま逃げるように学校をあとにした。

もう二度と進む道をまちがいたくない、後悔《こうかい》したくない。この私の決断はまちがっていないはず。きっとこれが私の正しい進む道だと思いたい。

次の日の朝。いつものように光莉と登校し、昇降口で上履きに履きかえようとげた箱の扉を開けると、折りたたまれた紙が入っていた。それは見覚えのある紙。

手に取り開いて見ると、昨日自分が書いた文字に書きたされていた。

《私も笹沼くんのように、自分の気持ちにふたをする。柳瀬とはずっと友達でいたい》

《頑張れ》

返事は短い三文字の言葉。けれどそれは予想外の言葉だった。てっきりまた冷たい返事が書かれているとばかり思っていたから。

〝皆森さんには無理じゃないの？〟とか〝だからなに〟とか……。それなのに〝頑張れ〟だなんて。

「萌ー、どうしたの？」

立ちつくしている私に声をかけてきた光莉。

「あっ、ううん！　なんでもない」

慌てて紙をポケットにしまい上履きに履きかえた。

「早く教室に行こう」

「うん」

この手紙はお守りにしよう。これから先の未来、強くなれるように。好きな人の幸せを願えるようになるように。

想いを胸に光莉とともに教室へと向かっていった。

近づくふたりの気持ち

笹沼くんに手紙を書いたあの日から一か月と二週間が過ぎた。いつもの時間にのった電車に揺られること数分。停車しドアが開くと、光莉がのりこんできた。

「おはよう、萌」

「おはよう」

今日も私たちは仲よくふたりで登校していく。

「あっ、そういえば昨日柳瀬くんに『あの日はタオルありがとう』って言われたんだけど……。言われた通り話を合わせておいて、よかったんだよね？」

電車に揺られながら、光莉は思い出したように確認してきた。

「うん、ありがとうね。話を合わせてくれて」

「それは別に構わないけど……。でもいいの？　柳瀬くん、タオルを貸したのは、私だって勘ちがいしたままで」

「そのほうがいろいろと都合がいいからいいの！」

「……ならいいけど」

きっぱり言うと、光莉は腑《ふ》に落ちなそうに顔をしかめながらも、ポツリとつぶやいた。一か月以上も経つと、少しだけ自分の気持ちも整理できてきた。冷静でいられる。冷静になれたからこそ、光莉に口裏を合わせてもらっていた。柳瀬にタオルのことを言われたら、光莉が貸したことにしておいてって。私が貸したことになっちゃうと、またバカにされるから困ると適当な理由をつけて。

「そういえば来週だよね、歩く会があるの」

「そうだね。早いね、一年って」

学校の最寄り駅に到着し、肩を並べて話をしながら学校までの道のりを歩いていく。

「グループで競争させるのが余計だよね」

「えー、そうかな。私は楽しいと思うけど?」

「そりゃ運動神経《しんけい》がいい光莉は楽しいかもしれないけどさ。……私なんて、去年さんざんな目にあったし」

そうなのだ、毎年十一月下旬に行われる、我が校の伝統行事〝歩く会〟。ただ歩いて終わりならいいけど、なんでも団結力と友情を深めるために数名のチームを作り、競わせるのだ。

去年初めて参加し、男女四人で組んだチームだった。でも私だけみんなより体力がなくて、完全に足を引っぱっちゃったんだよね。みんなは『気にしないで』って言ってくれたけれど、しばらくずっと気に病んでしまった。

公平を期するために、体力のバランスでチームは組まれちゃうし。今年は誰とチームになるのかな。考えただけで気が重くなるばかりだ。

「今年は一緒になれるといいね」

「本当だよー」

去年光莉とは別チームだった。だからこそ今年は同じチームになれたらいいな。そうしたら男子ふたりが誰でも、どうにか頑張れそうだもの。

「なにが一緒になれるといいんだ？」

「わっ⁉」

「びっくりした」

肩を叩かれると同時に聞こえてきた声に、光莉とふたり声をあげてしまう。そんな私たちふたりを見て犯人の柳瀬は、「悪い」なんて言いながらも笑っている。

「まさかそこまで驚くとは思わなかったからさ」

「いや、普通に驚くでしょうが！　やめてよね、朝から驚かすの」

「だから悪かったって。……で？　なんの話をしてたわけ？　気になるよな、篤志」

柳瀬が向いた方向には、どうでもよさそうな顔をした笹沼くんが立っていた。

「いや、別に」

「なんだよ、相変わらず冷めてんなぁ」

不満げに唇をとがらせる柳瀬を見て光莉は笑いをこらえながらも、私と話していたことを柳瀬に話しだした。

「歩く会について話してたの。ほら、柳瀬くんも知っているでしょ？　萌が体力ないこと」

「ちょっと光莉⁉」

なにを言いだすかと思えば……！　すぐに止めに入ったものの、話を振られた柳瀬はニヤリと笑った。

「もちろん知ってるよ。そういえば中学のときから運動苦手だったよな。マラソン大会憎《にく》んでたし。この高校を選んだ理由も、マラソン大会がないからだもんな」

「……うるさい！」

悔しくて唇を噛みしめてしまうと、ますますふたりは笑いだした。たしかにこの高校を選んだのは、マラソン大会がないっていうのもある。……でも一番の理由は柳瀬が行くって聞いたからだ。

中学三年生のとき、柳瀬に『皆森はどこの高校に行くんだ？』って聞かれたことがある。その頃にはうわさで柳瀬がどこの高校に行くか聞いていたから、進路は決まっていた。

いまでも鮮明《せんめい》に覚えている。『柳瀬と同じ高校だよ』って言ったときの、柳瀬の反応を。うれしそうに笑って『ラッキー。楽しい三年間になりそう』って言ってくれたんだ。

『どうして行きたいんだ？』って聞かれたとき、とっさに『柳瀬と同じ高校に行きたかったから』って言いたかったけど、言えるはずもなく。さっき柳瀬が言っていた通り『マラソン大会がないから』って言ったんだっけ。でもまさかそれをいまでも覚えてくれているなんて、ちょっとうれしいかもしれない。

緩みそうになる口もとを見られないように下を向き、少しだけふたりから距離を取った。

必然的にふたりの後ろを歩く形になる。ふたりは歩く会について楽しそうに話している。やっぱりふたりが楽しそうに話しているところを見ると、少し悲しくなるけれど、以前のように見たくないとか、激しい感情はわきおこってこない。

「皆森さんって運動苦手なんだ」

「えっ？」

いつの間にか私のとなりを歩いていたのは笹沼くんだった。

「なんか意外」

「意外って……それはどういう意味で？」

「別に深い意味はないよ」

歩きながら会話を交わす私たち。笹沼くんと手紙のやりとりをしたあの日をさかいに、私たちの関係はガラリと一変した。

笹沼くんはよく話しかけてくれるようになったのだ。最初はとまどい、会話もぎこちなかったけれど、一か月も経てば自然と話せるようになった。

「あー……でも皆森さんと、同じチームにはなりたくないかな」

「なっ……！　失礼な‼」

すぐに声を荒らげて抗議《こうぎ》すると、笹沼くんは「ククク」と喉もとを鳴らした。

「冗談だよ」なんて言われたけれど、こっちは面食らってしまう。

いつも無表情でなにを考えているかわからない人だった。あげくに、にらまれている気がして、完全に私は嫌われていると思っていたから。

それなのに最近の笹沼くんはどう？　さっきみたいに私の前でも、少しだけ笑うようになったし、表情が丸くなった気がする。柳瀬と光莉が楽しそうに話しているところを見ても、醜《みにく》い感情を抱かなくなったのは、こうやってとなりに笹沼くんがいてくれるからかもしれない。

手紙に書かれていた〝頑張れ〟って言葉通り、さりげなく声をかけてくれているからだ。自分だって光莉が柳瀬と仲よくなっていくのを目のあたりにして、絶対つらいはずなのに。

笹沼くんに対する見方は百八十度変わった。苦手な人だった。できれば関わりたくない人。でもいまはちがう。光莉の言う通り、優しい人なんだって知っちゃったから。

それと同時に自分と同じ気持ちを抱《かか》えた人がそばにいる。たったそれだけのことがこんなにも心強いものだなんて、初めて知った。


それから四人で学校に向かい、始まった朝のHR。そこで先生はクラス全員に一枚のプリントを配りだした。

「来週の歩く会のチーム分けだ。悪いが先生が勝手に決めさせてもらったから」

え、嘘‼　光莉からまわってきたプリントを一枚手にし後ろにまわしたあと、すぐに見た。

するとプリントに書かれていたのは、なぜかいまの座席表。列ごとに前から順に、四人くくりで丸で囲われている。

「先生これ、座席表じゃないっすか？」

すかさず突っこみを入れる柳瀬に、プリントを見たほかのクラスメイトもうなずいた。もちろん私も。

すると先生は全員にプリントが行き渡ったのを確認したあと、説明してくれた。

「公平にチーム分けしようとみんなの体力テストの結果を見ていたんだが、いまの席順がなかなかいい感じに、公平に振り分けられていたんだ。それに見たところ、いまの席はみんなにとってもいいみたいだし、チームワークの点でも問題ないだろ？」

ドヤ顔で話す先生に教室内が騒ぎだす。

「まぁ、たしかに」とか「いいんじゃない？」とか肯定的な意見が飛び交った。光莉とさえ同じチームになれればいいと思っていたけれど……。

「問題ないと思います！　みんなもいいだろ？　このチームで」

大きな声でみんなに呼びかけたのは柳瀬だった。するとみんなうなずき始めた。

「俺も賛成です」

「私もいいと思います」

次々とあがる手。それを見て先生は満足げにうなずいた。

「よし、じゃあこのチームで問題ないな。それぞれ当日頑張れよ」

そう言うと、先生はさっさと教室を出ていった。

「萌、よかったね一緒のチームになれて」

「やったよ篤志！　楽しい一日になりそうだな!!」

同時に振り返ってきた柳瀬と光莉。ふたりの笑顔はなんか似ていて見せられたほうが笑ってしまった。

「え、ここでどうして笑うのよ萌。……それに篤志も！」

「お前が笑うなんてめずらしいな」

え、笹沼くんが笑っている？　ふたりの話にとなりを見れば、顔をそむけていて見えなかったけど笹沼くんの肩は震えていた。

本当に笑っているのかわからないけど……でもこれは確実に笑っているよね？　肩が震えているし。

レアな笹沼くんの姿に、しばし三人あぜんとしていると、カレは落ち着いたのか、大きく息を吐きいつもの無表情な顔をのぞかせた。

「幸と光莉が悪い。ふたりして同じ顔で振り向きやがって」

「はぁ？　なんだよ同じ顔って！」

「そっ、そうだよ！　篤志ってば失礼！」

途端に顔を赤くさせまた同じ反応を見せるふたりに、突然笹沼くんはあきれ顔でこっちを見たものだから、ドキッとしてしまった。

「皆森さんもそう思うでしょ？」

「え、あー……うん。そっくりだったかな？」

高鳴る鼓動《こどう》を隠すように言うと、光莉も柳瀬もさらに顔を赤くさせた。

「もう萌まで……！」

突然こっちを向いた笹沼くんにもびっくりしちゃったけど……でもそれよりも、私が驚いているのは光莉の反応だ。

光莉と出会って二年目。余裕なさげで顔を赤くさせ、照れくさいのかとまどっている光莉。こんな彼女の姿は、いままで一度も見たことがなかったから。

「ほら萌、一時間目は科学室に移動だし、早く行こう！」

逃げるように手早く準備を済ませ、席を立つ光莉。

「あっ、ちょっと光莉⁉」

彼女を目で追いながら、私も慌てて準備を済ませ席を立つ。

「ごめん、先に行くね」

「……あ、あぁ」

光莉の意外な言動にポカンとしているふたりに声をかけて、急いであとを追った。

「光莉！」

廊下に出ると光莉はスタスタと足を進めており、駆け足でやっと追いついた。

「もー、歩くの速すぎ！」

肩を並べた頃には、少しだけ私の息は上がってしまっていた。光莉のとなりを歩きながら呼吸を整えていると、いつの間にか光莉の足は止まっていた。

すぐに戻り首をかしげながら彼女の顔をのぞきこむと、光莉はいまだに顔を真っ赤に染めたまま、うつむいてしまった。

こんな光莉を見るのも初めてで、正直なんて声をかけたらいいのかとまどってしまう。クラスメイトが不思議そうに私たちを見ながら通り過ぎていく中、光莉は震えた声で聞いてきた。

「私……変に思われたよね」

「え？」

うまく聞きとれず聞き返してしまうと、光莉は顔を上げた。

「だからその……！　柳瀬くんに変に思われちゃったよね？」

光莉の瞳は大きく揺れていて、不安げ。やっぱりこんな光莉を見るのは初めてで、返答に困ってしまう。それでも必死に私に答えを求める光莉にハッとし答えた。

「ううん、そんなことないよ。ふたりともなんとも思わなかったよ」

たぶん。と心の中でつぶやく。

「本当に⁉　……大丈夫かな」

それでも安心できないのか、再度問いかけてくる光莉。驚かされっぱなしでイマイチ実感できない。……けれどこれは確実に光莉、柳瀬のことを意識しているんだよね？

いまだにブツブツと「失敗しちゃったよ」とか「どうして逃げてきちゃったんだろう」と漏らす光莉に、たまらず聞いてしまった。

「もしかして光莉……柳瀬のこと、好きなの？」

ごくりと生唾をのみこみ、いざ問いかけると、途端に光莉はギョッとし顔を手で覆った。

「ちがっ……！　そういうんじゃないから！　ただその……」

そう言うと言葉を濁す光莉。

「好きっていうか……気になるっていうか……」

光莉の本音に目を丸くさせてしまう。

「とっ、とにかく歩きながら話すから」

「あっ、うん」

とまどいながらも光莉と肩を並べ科学室へと向かっていく。その道中、光莉は自分の想いを話してくれた。

「いままではあまり話したことなかったけど、席がとなりになったでしょ？　それから話すようになってさ、柳瀬くんのこといろいろ知ることができて。……一緒に話してると楽しいし、笑顔が素敵だなって思ったりして」

照れくさいのか、光莉はノートで顔をあおぎながら話を続けた。

「いつもみんなのことを考えてるでしょ？　まわりをよく見てるし。……私がバイトしてることもなんか気遣ってくれて。『あまり無理しないほうがいいよ』って言ってくれたの」

そういう言葉を自然にかけられるところは柳瀬らしいな。

「男友達って篤志以外では初めてで。……でも篤志と一緒にいるときとはちがう気持ちになっちゃうの。柳瀬くんと話せるとうれしくて、幸せな気持ちになれるっていうのかな？」

「……そっか」

光莉はまだ気づいていないんだ。自分が柳瀬を好きになっているってことに。でも顔を見ればすぐわかる。光莉自身が自分の気持ちに気づくのも時間の問題だって。

「ごめんね、急にこんな話しちゃって」

「え、どうして？」

謝ってきた彼女に尋ねると、光莉は「だって……」と前置きしたあと、言いにくそうに話しだした。

「私たちこういう話は一度もしたことがなかったじゃない？　私も……たぶん萌もだよね？　誰も好きな人いなかったし」

〝好きな人〟に過剰《かじょう》に反応してしまう。

「うん……そう、だったね」

やっぱり光莉は知らないんだ。私がずっと柳瀬に片想いしていること。

「だから急にこんな話しちゃって、萌は嫌かなって思ってさ」

私の様子をうかがってくる光莉。

「やだな、嫌なわけないじゃない。むしろうれしいよ。……いつか光莉と恋愛話、してみたいって思ってたし」

平気なフリして笑顔を取りつくろう。でもこれは全部私の本音。ずっと光莉と恋愛話、してみたかったよ。相談したかった。……柳瀬のことを。

「そっか、よかった。……私、萌に嫌われちゃったら生きていけないからさ」

「へへっ」とかわいくはにかみながら話す光莉に、胸がズキッと痛む。

それは私のほうだよ、光莉。むしろ嫌われてしまうのは、私のほうじゃないかな？ずっと光莉に自分の気持ちを打ちあけることができなくて嘘をついて。いまだって平気なフリして笑っているんだから。

「もーなにそれ、光莉ってばオーバーすぎるから。それになにがあっても私は光莉のこと、絶対嫌いにならないから」

「……萌」

そうだよ、私が光莉を嫌いになる理由なんてなにひとつない。大好きだよ、光莉のことが。それなのに私は嘘ついてごめんね。

「ほら、早く行こう！」

「うん、そうだね。間に合わなくなっちゃう」

無理やり自分から話を終わらせてしまった。でないと泣いてしまいそうだったから。

どうしてかな？　自分で決心したんじゃない。柳瀬には自分の気持ちを打ちあけないって。予想していたじゃない。光莉もきっと柳瀬に惹かれてしまうはずって。それなのにいちいち傷つくなんておかしすぎる。自分で決めたのに……。

光莉が柳瀬に惹かれた気持ち、痛いほどわかるよ。だって私も同じだから。同じところに惹かれたから……。

本当は漠然《ばくぜん》としか考えていなかったのかもしれない。自分の気持ちを打ちあけない未来が、どんなものなのかを。

私……ずっと平然としていられるかな？　光莉はきっとこれから先、ますます柳瀬に惹かれていくはず。ふたりが付き合い始めるのも時間の問題かもしれない。

光莉が柳瀬とのことで私に相談してきたとき、ちゃんと受けとめられる？　いいアドバイスができる？　ふたりのこと、笑って祝福できる……？

正直、どれもまだちゃんとできるか自信ない。でもこれだけは言える。光莉には絶対自分の気持ちに、気づかれるわけにはいかないって。

私がずっと柳瀬のことを好きだった、なんて知ったら光莉はどう思う？　一生言えないよ。親友なのにごめんね、光莉。

けれど光莉につく嘘は柳瀬への気持ち、たったひとつだけにするから。もう光莉には嘘なんてつかないから。だから許《ゆる》してほしい……。

一度決めたはずの決心が、少しずつ揺らいでいくようだった。

「萌ごめん！　今日もバイトだから先帰るね」

「わかったよ、頑張ってね」

帰りのＨＲが終わると、今日も光莉は慌てて教室から出ていった。彼女の背中を見送ったあと、私も帰る支度を進めていく。

今日は疲れたな。いろいろと考えないようにしようとしても、ふと頭に浮かんでしまってかき消すのに大変だった。けれどやっと帰れる。早く家に帰ってひとりになりたい。

騒がしい声の中、教室を見まわすと、柳瀬が男子数名と一緒に、どこに寄り道していくか楽しそうに話していた。今日はみんなとどこか寄っていくのかな？

そんなことを考えながらも身支度を整えて席を立ち、騒がしい教室をあとにした。

トボトボと昇降口に向かい、校門を抜けていく。歩道には同じ学校の生徒がたくさんいて、みんなと同じように駅へと向かった。

『間もなく五番線に列車がまいります』アナウンスが鳴りひびく駅のホーム。椅子に座って電車の到着を待っていた私は立ちあがり、列に並ぼうとしたけれど。

「え……？」

何気なしにとなりの席を見た瞬間、目を見開いてしまう。だってそこに座っていたのは、笹沼くんだったのだから。立ちあがった状態のまま見下ろす私に、笹沼くんは小さく息を吐いた。

「やっと気づいた。学校を出るところから、わりと近くを歩いてたんだけど」

「嘘、そうだったの？」

全然気づかなかった。笹沼くんが近くを歩いていたなんて。するとカレも立ちあがり、今度は私を見下ろしてきた。

「気づかないほど、なにを考えていたわけ？　……今日一日中」

「――え」

なにもかも見透《みす》かしたような瞳に困惑していく。

えっと……どういう意味？　今日一日中ってなに？　たしかに一日中、悶々《もんもん》としていた。光莉のこと、柳瀬への気持ち。決心したはずなのに、ゆらゆら揺らいでいた。

けれど決してみんなには気づかれないように、振るまえていたはず。

「悪いけどバレバレだから。……とりあえず電車のるよ」

「ちょっと笹沼くん⁉」

一方的に言うとカレは私の腕をつかみ、到着した電車にのりこんだ。ほどなくしてドアは閉まり発車したわけだけど……。

「けっこう混んでるな」

「そっ、そうだね」

つかまれていた腕は離してもらえた。けれど突きささる視線が痛い。そりゃそうだよね。いま電車にのっているのは、同じ制服を着た生徒ばかりなのだから。

嫌だな、せっかく笹沼くんとのうわさが消えかけてきたのに、こういう場面を見られたら、またみんなに誤解されて、あっという間にうわさが流れてしまいそうだ。

そう思うと自然と体は笹沼くんから離れていく。

「なんで離れるわけ？」

「え！　いや別に深い意味はないんだけど……」

それを不服そうに見ていた笹沼くんは、より一層私との距離を縮めてきた。

揺れる車内。たくさんの乗客。どうしよう、変に緊張してきた。教室でいつも机を並べているというのに、どうしていまさら緊張なんてしちゃうかな？

お互いドアに寄りかかった状態で距離をつめられては、これ以上前後左右どこにも逃げ場などない。それがますます私の胸を高鳴らせた。

「今朝の光莉の反応……気づいた？」

それはきっとあのときの光莉の反応だ。

「……うん」

正直に言うと笹沼くんは、「そっか」と力ない声で言った。それは笹沼くんも、光莉の気持ちの変化に気づいたことを意味している。

笹沼くん……どう、思ったのかな？　きっと悲しいよね、苦しいよね。好きな子が自分以外の人を、好きって気づいてしまったのだから。

柳瀬から気持ちを打ちあけられたときのことを、思い出してしまった。あのときはショックで悲しくて、目の前が真っ暗になった。もしかしたら私に告白してくれるのかも……なんて、うぬぼれたことを考えていたから余計に。

笹沼くんはいつから光莉のことが好きだったのかな？　幼い頃から幼なじみってことは聞いているけど、まさかそんな昔から好きだったのかな？

「笹沼くんは、その……どう思った？」

「え？」

「つらくないの？」

思いきって聞いてしまった。けれどすぐに後悔してしまう。だって笹沼くん、なにも言わないから。もしかしたら聞いたらマズイことだったのかもしれない。

「あの……」

「もうつらくないよ」

謝ろうとした私の声に被せられた言葉。もうつらくない……？　それはどういう意味？

となりに立つカレを見上げると、笹沼くんは目を細め少しだけ口もとを緩ませていた。

「俺は平気」

口角を上げて微笑んだ瞬間、胸がトクンと音を立てた。

なにそれ、全然わからないよ。どうして平気なの？　うまくはぐらかされた気がしてしまうのは気のせい？　でも。

「無理してない？　本当はつらいんじゃないの？　……私はつらいよ」

どうしてもカレの本音には思えなくて、しつこいって言われてしまいそうだけど同じ言葉を繰《く》り返した。そして自分の本音も漏らしてしまった。

「覚悟を決めたはずなのに、いざ目のあたりにすると、簡単に決心は鈍っていく。好きな人が別の人を好きになるって知ったら、誰だってそうならない？」

　さらに胸のうちを伝えていくと、笹沼くんは私を凝視《ぎょうし》したまま押しだまってしまった。

「好きって気持ちは簡単に消えない。……だから笹沼くんは伝えない道を選んだんでしょ？　でも後悔することはない？　好きって伝えればよかったって思うこと、一度もなかった？」

「それは……」

　お互い見つめあったまま言葉を発することができない。やっぱり笹沼くんは後悔しているんじゃないかな？　光莉に好きって伝えなかったことを。

　ひとつ目の駅に到着し、反対側のドアが開き人がのり降りしていく。大人数が降りていき、席は空いたのに私たちは立ったまま。ドアが閉じまた電車は発車していく。

　どれくらいの時間お互い無言で見つめあっていただろうか。時間が経つたびに、悪いことをしている気持ちになっていく。

　人には誰だって話したくないことがあるはず。それを私は、笹沼くんに答えさせようとしているのかもしれないと。徐々《じょじょ》に笹沼くんの顔を見ていられなくなり、視線を落とした瞬間「ごめん」とつぶやいた。

「いや、俺のほうこそごめん」

　すぐに笹沼くんも謝ってくれたけど、それがかえって私をまた混乱させていった。

笹沼くんの〝ごめん〟の意味はなに？　やっぱり後悔しているのかな？　それを話せなくてごめんって意味？　けれどもうこれ以上詮索《せんさく》することなんてできなかった。

あっという間に笹沼くんが降りる駅に到着し、カレは「また明日」と言って帰っていった。手を振り見送るものの、やがて電車が発車し見えなくなると笑顔も消えさっていく。

あんな顔をさせるつもりなんてなかった。ただ、聞きたかった。笹沼くんも自分と同じように迷い、後悔しているんじゃないかって。カレの本音を知って、自分と同じだって、安心したかっただけなのかもしれないけど。

窓の外に視線を向ければ、見慣れた景色が流れていく。きっとこれからますます柳瀬と光莉の距離は近づいていくはず。私は平気な顔をしてそばにいることができるかな？　ふたりがそうなればこの想いは消えると思った。でも実際はどうなんだろう。本当に消えてくれる？　また柳瀬以上に好きになれる人ができる？

わからない難問にずっと頭を悩ませてしまっていた。

上書きされていくカレとの思い出

一週間後。今日は朝から快晴。お天気お姉さんによると、降水確率ゼロパーセント。傘《かさ》を持っていく必要がないって言っていた。

けれどもう少しで十二月になる今日は朝から肌《はだ》寒い。日中は日差《ひざ》しを感じて過ごしやすいらしい。これはもう絶好の歩く会日和なのかもしれない。

「いってきます」

誰もいない家にあいさつをし鍵《かぎ》をかける。空を見上げれば天気予報通り、雲ひとつない青空が広がっていた。

「本当に絶好の歩く会日和かも」

まぶしい朝日に目を細め、いつもより身軽な服装で家をあとにした。

我が校の伝統行事である歩く会。なんでも創立以来ずっと行われているらしい。生徒が歩く距離は三十キロ。いつもより早い時間に登校したあと、バスで出発地点へ移動し、チームごとにゴールである学校に向かうのだ。

三十キロなんて簡単に歩ける距離じゃない。ゴールする頃にはすっかり日が落ち、夕方になっている。去年遅いチームは夜になったとか。

私たちのチームも、ゴールできたのは、すっかり日が落ちた時間だった。もうクタクタで二度とやりたくないって思っていたけど、一年なんてあっという間。

でも今年はちがうかも。光莉も一緒だし柳瀬と笹沼くんの四人チーム。最初は幸せ！　うれしいって思えたけど……正直いまは複雑な気持ちだった。

ジャージにリュックという軽装で最寄り駅へと向かっていく。頭に浮かぶのは光莉と柳瀬が楽しそうに話す姿。ふたりの後ろの席は特等席なわけで。嫌でも毎日目に入ってしまうし、会話もバッチリ全部聞こえてしまう。

たった一週間でふたりの距離はグッと縮まったと思う。今日の歩く会で、ますますふたりは仲よくなるかもしれない。そう思うと複雑な気持ちになる。

あの日から今日まで笹沼くんはいつも通りだった。帰りの電車の中での出来事がなかったかのように、話しかけてきてくれている。私なんて次の日、どんな顔して学校へ行けばいいのかわからずさんざん悩んだというのに。

だけど助かった。笹沼くんのほうから『おはよう』って言ってくれなかったら、きっといまもギクシャクしてしまっていたと思うから。

席がとなり同士の私たち。柳瀬と光莉の距離が縮まっていくのを私が感じているってことは、笹沼くんも同じく、感じてしまっているはず。ふたりの背中をどんな思いでいつも見ているのかな？　自分もつらい。……でも笹沼くんの気持ちも考えると、落ちこんでいられないって思う。

笹沼くんは本当にいつも通りで、見習わなくちゃって思わされる。どうやったらあそこまで無関心ですって顔ができるのかな？って思っちゃうくらいだ。

とにかく今日は楽しもう。光莉は今日をすごく楽しみにしていたし、私だってみんなと同じチームになれてうれしいもの。いちいち気にして楽しめなかったら損だよね。それに笹沼くんがいるし。

不思議と笹沼くんもいるって思うと、どんなにふたりの仲がいい場面を見せられても、大丈夫な気がするの。同じ気持ちの人がいるって思うと、耐えられる。

「よし、頑張っていこう！」

四人の中では私が一番体力ないだろうし。今日はみんなの足を引っぱらないようにしないと。そのために昨夜は早く寝て睡眠《すいみん》もばっちりだ。気合を入れて最寄り駅へと向かった。

「あ、おはよう皆森」

「……おはよう」

気合十分な私を駅で待っていたのは、柳瀬だった。改札口の前で立っていたカレは、私の姿を見つけると顔をほころばせ、駆けよってきた。

「え、どうして？」

明らかに私を待っていたよね？　目を白黒させてしまっていると、柳瀬は白い歯をのぞかせた。

「そんなの皆森を待っていたに決まっているだろ？」

「……え」

深い意味なんてなにもないとわかってはいるけど、好きな人に言われたらドキッとしてしまう。

「最近皆森とまともに話してねぇなって思ってさ。だから待ってた」

なによそれ、待っていたとか……！　柳瀬は本当にズルイ。笑顔で迷うことなく言っちゃうんだから。

「どうせ今日、光莉とうまく話せるか不安で、私に話を聞いてほしいだけでしょ？」

いつもの自分を演じると、柳瀬はかわいらしく舌を出した。

「あっ、バレた？　でも一日中ずっと一緒にいられるんだぞ？　こんなビッグチャンスの日に、緊張しないわけねぇじゃん？」

「はいはい、わかったから」

あぁ、やっぱりそうだよね。自分で聞いたくせにちょっと後悔しているのがアホらしい。でもおかげで現実に引きもどされたよ。

「悪いけど柳瀬、光莉とふたりっきりじゃないからね？　私と笹沼くんもいること、忘れないでよね！」

釘《くぎ》を刺《さ》すように指をさして言ったというのに、なぜか柳瀬はうれしそうにニタニタ笑うばかり。

「ちょっと柳瀬？　バカにしてるの？」

「ちがうよ」

「なにがちがうのよ」

すぐに反論すると柳瀬は両腕を頭の後ろで組み、うれしそうに笑みを漏らしながらグッと顔を近づけてきた。

「こういうの、最近なかったから」

同じ目線のカレ。至近距離で見つめられると、無条件にドキッとさせられてしまう。

「……え？」

遅《おく》れて聞き返せば、柳瀬は顔をクシャッとさせ言った。

「皆森とこうやってくだらないことで言い合いするの、俺けっこう好きなんだよね。なんかホッとする」

「ホッとするって……」

なにそれ。

「昔からずっとそうだっただろ？　俺たちは。……だから落ち着くんだよ」

ズキッと胸が痛む。柳瀬の言う通り、私たちは昔からずっとこんな調子だった。なんでも言いたいことを言いあってふざけあって。だからみごとに、鉄壁な友達のレッテルを貼られてしまったのかもしれない。

「あっ、次の電車にのらないと間に合わないし行こうぜ」

「……うん」

先に改札口を抜けた柳瀬に続いて私も定期を取り出し、改札口を抜けていく。ホームへ行くとタイミングよく電車が到着しのりこんだ。

朝の通勤ラッシュ時間。席は埋まっていてドア側にふたりで寄りかかった。

うわぁ……ちょっとこれはヤバイかも。肩と肩が触れてしまいそうな距離に、嫌でも心臓は早鐘を鳴らす。けれどそれはきっと私だけなわけで……。

チラリととなりを見れば、やっぱり柳瀬はなにも感じていなそうだった。光莉の前で見せるような焦《あせ》った様子はない、至って普通。柳瀬にとって私は友達なんだ。

だって友達相手にドキドキすることなんてないでしょ？　でも光莉に対してはちがう。いつも柳瀬はドキドキしているんだ。

だめだな、今日は楽しく過ごそうって決めてきたはずなのに、なに落ちこんじゃっているのかな。柳瀬は光莉が好きなんだもん、あたり前じゃない。

首を横に振り邪念《じゃねん》を払拭《ふっしょく》する。気を取り直して自分から柳瀬に話しかけた。

「柳瀬、お弁当ちゃんと持ってきた？」

「なんだよ、急にあたり前なこと聞いてきて。持ってくるに決まってるだろ？」

不服そうに顔をしかめる柳瀬。

「えー、だって柳瀬って、ちょっと抜けてるところがあるじゃない？　うっかり忘れたりしてないかと思ってさ」

「はぁ？　うっかりしてるのは皆森のほうだろ？　……公衆の面前で何度も篤志と手をつないでるらしいじゃん？」

「なっ、なによそれ！」

突然出た笹沼くんの名前にギョッとしてしまう。しかもなに？　何度も手をつないでいるなんて！

「どうして私と笹沼くんが手をつないでいるなんてうわさが……！」

そこまで言ったところで頭をよぎったのは、何度か笹沼くんに無理やり腕をつかまれた場面。

そういえば私、何度も笹沼くんと、はたから見たら手をつないでいるように見える状態で、通学路や、学校内を歩いていたよね？　いや、正確には引きずられていたんだけど。

「篤志は言わないけど、皆森はどうなんだよ」

「え？」

思いをめぐらせていると、不意に投げかけられた疑問。柳瀬は探るような目で私を見ている。

「だから篤志のことだよ」

「いや、それはっ！」

「友達なんだから、相談くらいしろよな」

『誤解だから』と言おうとした私の声を遮《さえぎ》り発せられた言葉に、目を見開いてしまう。

「ましてや俺は篤志の友達でもあるんだからさ。俺ばっか相談にのってもらってちゃ悪いだろ？」

「な？」と言いながら首をかしげる柳瀬に胸がギュッと締めつけられた。

ちがうよ、柳瀬。私が好きなのは笹沼くんじゃない。……柳瀬なんだよ？　できるなら言いたいよ、柳瀬が好きだって。中学二年生のときからずっと好きだったって。

でもそんなこと言われたって柳瀬は困るだけでしょ？　いま、私と柳瀬の間にあるのは確かな友情関係なんだから。それを壊したくないもの。

「わかったか、皆森？　困ったことがあれば、いつでも俺を頼れよな」

伸《の》びてきた腕。身長はあまり変わらないのに、私よりはるかに大きい手が頭に優しく触れた。

柳瀬は純粋に友達として私のことを心配してくれているだけ。けれどごめん。私にはその優しさが痛いほど苦しいよ。友達だからかけてくれる言葉も、優しい手もすべてが苦しい。

「その代わり俺の相談にものってくれよな？　……頼りにしてるから」

なんて残酷な言葉だろうか。好きな人に頼りにされてうれしいはずなのに、柳瀬との距離はこの先もずっと、平行線のままを意味しているのだから。苦しくて胸が押しつぶされそうになる。けれど必死に笑顔を取りつくろった。

「じゃあそのときは頼りにするから。……柳瀬も遠慮《えんりょ》なく私のことを頼ってよね」

いつも通りに振るまえているかな？　不安だったけれど大丈夫だったようで、柳瀬はうれしそうに白い歯をのぞかせた。

「頼りにしまくっておりますよ」

「痛っ！　痛いから！」

肩を叩かれ怒《おこ》ると、柳瀬はますますうれしそうに笑うばかり。

笑顔を見せられると、やっぱり好きだなって再認識させられちゃう。私、柳瀬の笑顔が好き。この笑顔をこの先もずっと一番近くで見ていたいよ。

涙があふれそうになってしまい、慌ててクルリと体の向きを変え、ドアのほうを見た。

「あっ、そろそろ光莉が来るよ」

気づけば列車のスピードも落ちてきていて、車内アナウンスが駅に到着することを知らせている。

「マジか⁉ そっか皆森、いつも小松崎さんと一緒に来てるもんな。やべぇ、なんか緊張する」

さっきまでの笑顔は消えうせ、柳瀬の顔がこわばっていく。私と同じように体の向きを変え、見えてきた駅のホームを見つめた。そのすきに鼻をすすり、呼吸を整えた。

光莉も来るんだから、しっかりしないと。

ゆっくりと電車は停車し、すぐにドアが開かれるとのりこんできたのは、光莉と笹沼くんだった。

「あれ……？」

お互い一緒にいる人物を見て声を漏らす。

「おはよう！」

柳瀬が明るくあいさつをすると、光莉はハッとし笑みをこぼした。

「びっくりした、柳瀬くんも一緒だったんだね。……初めてだよね？　萌と一緒に来るの」

　そう言うとなぜか表情を曇らせる光莉。それには気づいていないのか、柳瀬は明るい声で言った。

「そういえばそうかも。俺、いつも皆森より一本早い電車だったから。でもほら、今日は歩く会だし、親睦を深めようと思ってさ」

「そうだよな」と目で合図を送ってくる柳瀬にうなずくものの、やっぱり光莉の表情はさえない。もしかして光莉、なにか誤解している？

「それよりそっちこそめずらしいね、ふたりが一緒とか」

　今度は柳瀬の表情に曇りが見えた。そうだよね、気になるよね。光莉と笹沼くんこそ、初めてじゃないかな？　ふたりで同じ時間の電車にのってくるなんて。

「別にたまたまだから。いつもより登校時間が早いから、途中で会って一緒に来ただけだよな」

「あっ、うんそうなの」

　すぐに光莉も答えるものの、いつもの光莉じゃない。笑顔がぎこちなかった。

　どうしよう、光莉に嫌な思いをさせてしまったかも。だって私、光莉に柳瀬のことが気になるって聞かされていたのに、その柳瀬と一緒に来るとか……光莉にしたら嫌だよね。しかも柳瀬もバカだから『親睦を深めようと思って』なんて余計なひと言を言うから！

すぐに光莉の誤解を解きたい衝動《しょうどう》にかられるけれど、すぐに思いとどまる。いまは柳瀬も笹沼くんもいる。こんなところで言ってしまったら、光莉に一瞬で嫌われてしまいそうだ。

グッとこらえるものの、誰もそれ以上言葉を発することなく微妙《びみょう》な空気が流れる。それから学校まで四人で一緒に向かったものの、ポツリポツリと会話が交わされるだけで微妙な空気のままだった。


そして始まった歩く会。学校に着いてからも、バスでスタート地点に向かっている間も、近くには柳瀬と笹沼くんもいたから、光莉とまともに話せていない状態だった。どうしてこうなっちゃうかな。今日は楽しく過ごそうと思っていたのに。

「いよいよだね、頑張ろうね萌」

「うん」

普通に会話しているけれど、朝のことが気になって素直に心から笑えない。それはもしかしたら光莉も同じなのかもしれない。どことなく無理して明るく振るまっているようにも見えてしまうから。

「やべ、今日は日差し強いな。帽子持ってくればよかった」

「別に平気だろ」

柳瀬と笹沼くんもいつも通りに見えるけど、やっぱり柳瀬が無理しているように見えてしまう。

そういえば柳瀬、前に笹沼くんに自分の気持ち打ちあけたって話していたけど、いまもいろいろと相談しているのかな？　でもそうだとしたら笹沼くんはどんな思いで、柳瀬の話を聞いているのかな？　私と同じ気持ちになったりしている？

それなのにいつも通りなんだもの。……そう思うと笹沼くんってすごいなって思う。いまもひとりだけ通常運転だし。

「それじゃ行こうか」

「うん」

チームそれぞれにストップウォッチが渡され、時間差でスタートする。コースは学年ごと、チームごとにそれぞれちがっており、同じ三十キロの距離をどれくらいの時間でゴールできるかを競うことになっている。

もちろんその途中にはチェックポイントがあり、先生から証拠《しょうこ》のスタンプとちょっとした問題が渡されることになっている。問題に正解することも必須《ひっす》条件で、タイムと合わせて上位チームは表彰《ひょうしょう》される。

あくまで生徒同士が親睦を深めることが目的ではあるけれど、三十キロも歩くわけだし、ちょっとした景品があればいいのにってみんな話していた。

私たちのチームも順番通りスタートを切り、学校に向かって長い道のりが始まった。

二年生のコースは車通りが少ない田舎道が多い。

ちなみに去年はほとんどが住宅街や車通りの激しい道で、一列に並んで歩いてばかりだった。だからほとんど会話を楽しむ余地はなかった。それに比べて今年は話せる機会があっていいけど……。

必然的に二列になっていき、前を柳瀬と笹沼くんが。その後ろを私と光莉がついていく形となった。こんな調子で大丈夫かなって思っていたけれど、歩みを進めていくうちにぎこちなさはほぐれていき、問題を受け取るたびに四人で議論して考え、また次のポイントへと進んでいった。

「疲れたー、やっと昼だ」

太陽が空の高いところに昇った頃、指定の昼食ポイントである公園にたどり着いた。空いているベンチに腰を下ろし、それぞれお弁当を広げた。

「うわぁ、小松崎さんのすっげおいしそう」

柳瀬は真正面に座っている光莉のお弁当の中身を見て、歓声《かんせい》をあげた。

「お母さん、料理上手なんだね」

褒《ほ》める柳瀬だけど、光莉はどう答えたらいいのか迷っている様子。それはそうだ。だって光莉は毎朝自分でお弁当を作っているのだから。光莉の代わりに柳瀬に伝えてあげようとしたとき。

「バカ、光莉は自分で毎朝作ってるんだよ」

パンを食べながら言ったのは笹沼くんだった。

「え、そうなの？」

驚いた柳瀬が確認すると、光莉はためらいがちにうなずいた。

「そう、なんだ。すごいね」

すぐに明るい声を出す柳瀬だけど、明らかに表情はこわばっている。きっと光莉が自分でお弁当を作っているってことを、笹沼くんが知っていたからだと思う。

せっかく雰囲気よく昼食に入れたのに、またスタートする前に戻ってしまったように、微妙な空気が流れてしまう。どうしよう、この雰囲気。周囲にいるほかのチームは、ほのぼのと昼食を楽しんでいるというのに、私たちは……？

打破しようと模索《もさく》するものの、気の利いた話が思い浮かばない。とりあえずお弁当を食べすすめていると、柳瀬と目が合った。

「そういえば皆森は？」

「え？　なにが？」

聞き返すと、柳瀬は私のお弁当を指さした。

「それ、自分で作ってるの？」

「まさか！　私は光莉とちがって料理が苦手なこと、知ってるでしょ？」

ジロリと柳瀬をにらんでしまう。すると柳瀬はニヤリと笑った。

「知っているからわざと聞いたんだよ」

やっぱりそうだった。柳瀬とは中学三年生のとき、同じクラスだった。家庭科の授業で行われた調理実習で同じ班になり、みごとに私が料理下手だということを知られてしまったのだ。

しばらくネタにされて、からかわれていたっけ。昔のことを思い出すと、いまでも口もとが緩んでしまう。

「なにニヤついてるんだよ、料理が下手だって知られて頭がおかしくなったか？」

「はぁ？　そんなわけないでしょ⁉　それに別にニヤけてなんてないし！」

すぐに表情を引きしめ反論する。

「いいや、ニヤけていただろうが」

「ニヤけていません！」

つい柳瀬にのせられていつものように言い合いをしてしまった直後、ふたりの存在を思い出す。となりを見れば光莉は苦笑いを浮かべており、笹沼くんは我関せず状態で黙々と食べすすめていた。

あぁ、やってしまった。これじゃますます光莉に誤解を与《あた》えてしまったようなもの。

「もー、光莉もひどいと思わない？　柳瀬ってば昔から私のこと、けなしてくるんだよ」

あえて友達とアピールするように言うものの、光莉はまるで貼りつけたような笑顔を見せた。

「萌と柳瀬くんって本当に仲がいいよね。……聞きたかったんだけど、中学のときからずっとこんな感じだったの？」

「それは……」

言葉を濁らせてしまった私とはちがい、柳瀬はすぐに迷いなく答えた。

「そうなんだ、中二の頃からの付き合いでさ。中三で同じクラスになってとなりの席になって意気投合したんだよな！」

『な！』と言われても困る！　っていうか柳瀬……！　あんたは女心をわかっていなすぎる。好きな子が相手だってことをわかっていないのだろうか。これが男子と女子のちがいなのかな？

けれど裏を返せば迷いなく答えた柳瀬は、本気で私のことを友達としか思っていない証拠。聞いてすぐ理解できるけど……。

チラリと光莉の様子をうかがえば、どう見ても理解できているようには思えない。

光莉の気持ち、わかるな。私だって光莉の立場だったら、きっとショックだもの。

好きな人から、自分以外の人と親密な関係をアピールされたら、それがいくら友達だと言い張られても不安になる。もしかしてカレは、彼女のことを本当は好きなのかもしれないと。

「高校まで一緒だとは偶然だったよな。まぁ、お互いこの高校を選んだ理由はちがうけど」

光莉のささいな変化には気づかない柳瀬は話を続ける。

「でもそれを言ったら小松崎さんと篤志もすげぇよな。幼稚園《ようちえん》からずっと一緒でしょ？」

「あっ、うん。って言っても私たちも、たまたま同じ高校を選んだだけなんだよね？」

「……あぁ」

ワンテンポ遅れて返事をする笹沼くんに、こっちが変にハラハラしちゃうよ。光莉は偶然なんて言っているけど、本当はちがう気がするから。きっと笹沼くんは私と同じだったんじゃないかな。光莉がいるから、わざわざここに来たんじゃないかな？

複雑な思いで三人の話に耳を傾けた。

「そうなんだ。でもいいよな、幼なじみって。俺にはいないからちょっと憧《あこが》れる。皆森もそう思わないか？」

「え？　あっ、うんそうだね」

不意に話を振られハッとし言うものの、柳瀬は顔をしかめた。

「なんだよ、ボーッとして」

「ごめん、ちょっと」

なんとかごまかし切りぬけた。それからも私たちの間には微妙な空気が流れたまま、食事を済ませた。

「出発する前にトイレ行ってきてもいいかな？」

「あっ、じゃあ俺も行く」

身支度を整えた頃、光莉がトイレに行くと言うとすかさず柳瀬も声をあげた。

「悪いけど、ちょっと待ってて」

柳瀬はそう言いながら私と笹沼くんに小さく『お願い』ポーズを見せた。本当は私も出発前にトイレに行きたかったけど、これは言えない雰囲気だ。

「じゃあここで待ってるね」

手を振って見送ると柳瀬はうれしそうに、光莉は少しとまどい気味に公園内にあるトイレへと向かっていった。次第に見えなくなるふたりの後ろ姿。

「最悪、俺もトイレ行きたかったんだけど」

「え、笹沼くんも？」

「〝も〟ってことは皆森さんも？」

お互い顔を見合わせ、ぼうぜんとしてしまったけれど、すぐに口もとを緩ませた。

「なんかアレだな、俺たち振りまわされすぎ」

「そうかもしれないね」

四人でいたときは気まずい雰囲気だったからかな？　笹沼くんとふたりっきりになると和まされる。最初は苦手な人だったのに不思議だ。

ベンチに腰を下ろした笹沼くん。待っている間、私だけ立っているのもなと思い、少しだけ距離を取って同じベンチに座った。

「俺たちもふたりが戻ってきたら、出発する前に行こう」と言ってきた笹沼くんに同意したあと、カレは「それにしても……」と言い、あきれ気味に話を続けた。

「幸のやつ、とことん空気読めなすぎ。聞いててイライラしなかったか？」

「……えっと」

もちろん思いました。それを正直にはなかなか言えず言葉を濁らせた。

けれどそっか。笹沼くんも同じこと思っていたんだ。そう思うとなぜか安心できてしまう。自分と同じ感情を抱いている人がいるってだけで、心強いと思えてしまうから。

「でもその空気を読めないところが、柳瀬のいいところでもあると思わない？」

今度は私が問いかけると、笹沼くんは考えこむ顔を見せたあと、「そうかもな」とつぶやいた。

「幸のそういうところに、けっこう救われてきたから。……俺、昔から友達作るの苦手だった。でもひとりでいたほうが楽だし、なんとも思っていなかったんだけど、親や光莉が変に心配してきてさ」

苦笑いする笹沼くん。そういえば前に言ってたよね、光莉。笹沼くんと柳瀬が仲よくなってくれてうれしいって。

そう言ったのはきっと、昔から笹沼くんのそばにいたからだったんだね。笹沼くんのことが心配だったからなんだ。

「だけど簡単に友達なんて作れなかった。せっかく話しかけてくれるやつがいても、話が続かないと離れていくし。……でも幸はちがった」

ひと呼吸置くと、笹沼くんは空を見上げ思い出しながら話してくれた。

「うまく話せなくても、素っ気ない態度をとっても、俺から離れなかった。根気よく話しかけてくれて俺のことを理解してくれて。……幸みたいなやつ、初めてだった」

　ゆっくりと視線を落とし笹沼くんは、膝の上で両手をギュッと握りしめた。

「そんな幸に、俺はいままで何度も救われてきた。……いろいろなことでな」

〝それは光莉のこと？〟喉もとまで出かかった言葉を、グッとのみこんだ。笹沼くんの気持ちは知っている。それなのに聞いてしまうのはいけない気がしたから。

「そっか。じゃあ私と同じだね！」

「え、同じ？」

　笹沼くんが話してくれたように、私もカレに聞いてほしいと思った。柳瀬に救われた数々のエピソードを。

　目を丸くさせる笹沼くんに昔の話を伝えていった。

「私も柳瀬に何度も救われてきたから。……昔から内気な性格で、柳瀬と出会うまでは、友達にも自分からなかなか話しかけられなかったの」

　それまでの私には、あたりさわりない話をする程度の友達しかいなかった。

「でも柳瀬と話すようになってから、私の世界は一変した。柳瀬って昔からあんな感じだったから、柳瀬といると自然とみんなとも仲よくなれて。いつの間にかためらうことなく、友達にも話しかけられるようになっていったの」

　変われたのはきっと柳瀬のおかげ。誰にも平等で態度を変えない柳瀬。ほかのクラスだった私にも、会えば声をかけてくれて、グイグイ自分のクラスメイトの輪の中に入れてくれたんだよね。

「不思議だよね、柳瀬のまわりの人たちって、みんないい人ばかりが集まってくるの」

最初はとまどうばかりだった私を、柳瀬とよくつるんでいた子たちは快く歓迎《かんげい》してくれた。中学三年生で同じクラスになってからは、ますます仲よくなっていったっけ。いまでも連絡を取りあうくらい、みんなとの関係は続いている。

「笹沼くんだってそう」

「——え？」

「いい人だもの。……柳瀬が仲よくなる人はみんなそう」

いまなら光莉が必死に私に伝えようとしてくれていたことが、痛いほどわかるよ。口数は少ないけれど、本当は優しい人だって。そして一途《いちず》に光莉を想い続けている純粋な人だって。

思いのまま話したはいいものの、ふと笹沼くんが何度も瞬きをしているのに気づき、ハッとする。

「あっ……その」

うわぁ、私ってばなに言っちゃっているんだろう。笹沼くんがなにも言わず、話を聞いてくれていたのをいいことに……！　恥ずかしくなっていると、なぜか笹沼くんの頬も次第に赤く染まっていった。

「……え？」

思わず声を漏らすと、ますます笹沼くんの顔は赤くなっていく。目をパチクリさせガン見してしまっていると、笹沼くんは慌てて口もとを手で覆いかくした。

「皆森さんが急に言うから……」

怒りを含んでいるようにも思える口ぶり。けれど耳まで赤く染めて話す姿では、その効力を発揮していない。これはもしかして笹沼くん、照れている……のかな？

初めて見る意外な素顔に視線は奪《うば》われてしまう。それがまずかったのかもしれない。

笹沼くんはジロリと私を見下ろし、「見るな」とひと言。

だめだってわかっている。けれど我慢《がまん》できそうにない。

「アハハッ！　笹沼くんが照れてる……！」

「……っ‼　照れてねぇから」

今度はふてくされる笹沼くんに、笑いを止めるすべが思いつかない。そのあとも柳瀬と光莉が戻ってくるまでの間、笑い続けてしまった。

再び四人で歩き続けて数十分……。ふたりが戻ってきてから、逃げるようにトイレに向かった笹沼くんのあとを追って私もトイレに向かい、そのあとまもなく歩き始めた。

思いっきり笑ったからかモヤモヤ感はなくなり、早く光莉の誤解を解いてゴールまで頑張ろうって、気持ちを改められたんだけど……。午前中とは打って変わり、なぜか微妙な空気が流れている。

笹沼くんはいつも通りだけど、テンションが高かった柳瀬の口数は少ないし、光莉もどことなく元気がない。もしかしてさっき、柳瀬とふたりでトイレに行っている間に、なにかあったのかな？

前を歩く柳瀬と笹沼くん。ふたりに気づかれないよう声を潜め、光莉に聞いた。

「光莉、さっき柳瀬となにかあったの？」

「……え？」

問いかけると光莉はあからさまにギクッとなり足を止めた。そして同じく足を止めた私を凝視してきた。

「どうして？　別になにもなかったよ？」

ぎこちない笑顔で言われても説得力に欠ける。なにかあったのは明白だ。けれどその理由を光莉は私に言いたくないようだ。

「……そっか。ごめんんね、変なこと聞いちゃって」

それ以上聞くことなんてできなかった。親友っていっても、言いたくないことだってあるはず。現に私がそうだ。私は光莉に嘘をついているのだから。そんな私にこれ以上聞く権利なんてない。

それでも聞きたい、話してほしい、寂《さみ》しいって感じてしまった。私にとって光莉はたったひとりの親友だから。

「おーい、どうかしたのか?」

先に進んでしまっていたふたりが気づき、柳瀬が数十メートル先から声をかけてきた。

「ううん、なんでもない。……行こうか」

光莉に声をかけ先に歩きだす。そのときだった。

「あ……! 待って萌っ!」

聞こえてきた光莉の声。

「キャッ⁉」

すぐに転ぶ音が聞こえ振り返った。

「光莉っ⁉」

なにかにつまずいてしまったのか、前のめりになって倒れていた。慌てて駆けより起こすものの、光莉は痛そうに顔をゆがめた。

「大丈夫かっ⁉」

すぐに柳瀬と笹沼くんも駆けよってきた。みんなでしゃがみこみ様子をうかがうと、光莉の顔は赤く染まっていく。

「ごめん、大丈夫だから」

「でも……」

転ぶところは見ていないけれど、光莉の顔を見ればわかる。痛いのを我慢しているって。

「本当に平気だから」

心配する私たちに笑顔を見せ、立ちあがろうとした光莉。

「痛っ」

けれどすぐにまた座りこんでしまった。

「どこか痛むのか⁉」

すぐに柳瀬が聞くと、光莉は右足首を手で押さえた。

「……ちょっとひねっちゃったかもしれない」

「嘘、大丈夫⁉　待ってて、先生呼んでくるから」

すぐに立ちあがり、近くにいるはずの先生の姿を探しているときだった。

「篤志、俺の荷物頼む」

背後から聞こえてきた声に振り返ると、柳瀬は笹沼くんに強引に自分のバッグを押しつけ、迷うことなく光莉の腕を自分の肩にまわさせた。

「え、柳瀬くんっ⁉」

驚く光莉には目もくれず両足の膝裏に手を入れると、軽々と光莉を抱きかかえた。光莉をお姫様抱っこして立ちあがる柳瀬に、私も笹沼くんもあぜんとしてしまう。

「先生のところに、小松崎さんを連れていったほうが早い」

私たちにそう言うと、光莉をしっかり抱きかかえたまま、柳瀬は駆け足で先生を探しに行ってしまった。残された私たちは、ただぼうぜんとふたりを見送ることしかできない。

び……っくりした。柳瀬ってば急に光莉のこと……。徐々に小さくなっていく柳瀬の後ろ姿。無意識に過去の記憶《きおく》と重ねて見つめてしまった。

あの日も柳瀬はあんなふうに迷うことなく私のことを抱きかかえ、保健室まで走ってくれたのかな？　周囲の目が気にならないくらい、切羽《せっぱ》つまった顔をして。

さっきの柳瀬の顔を思い出すと、ズキッと胸が痛む。柳瀬、すごく焦っていた。見たことない顔をしていた。好きな子がけがしたんだもの、あたり前な話。……あたり前な話だからこそ、私にはつらいことだった。

柳瀬と出会い一緒に過ごしてきて三年目になる。いままでは私のほうが光莉より柳瀬とたくさんの時間を過ごしてきた。思い出もたくさんある。

けれどその思い出さえ、一つひとつ塗《ぬ》りかえられていってしまうのかな？　柳瀬と出会うきっかけとなったあの日の思い出がいま、カレの中では光莉との思い出として上書きされちゃうのかな？　これからもそんなふうに、柳瀬の中で私との思い出は消えていってしまう……？

そう思うと、胸が張りさけそうなほど痛くて仕方ない。こんな自分が嫌だ。気持ちは封印するって決めたのに……。

胸が痛くて苦しくて張りさけそうで、唇を噛みしめてしまったとき。

「行こうか」

「——え？　あっ！　笹沼くん⁉」

急に私の手を強く握りしめると、大股で歩きだした。引きずられる私はただ、ついていくだけで精いっぱい。だけどすぐに気づいた。つながれた笹沼くんの手が、少しだけ震えていることに。

そう、だよね。笹沼くんだってつらいよね。好きな子がけがをしちゃって、目の前で柳瀬が抱えて助けたのだから。笹沼くんの気持ちを考えると、ますます胸は痛むばかりだった。

「俺たちだけでも、先に進んでおこう」

「……うん」

発せられたのは力ない声。返事をしたものの、気になって仕方なかった。

笹沼くんはいま、どんな思いでいるのかな。どんな顔をしているんだろうって。

笹沼くんは言っていたよね、私と同じだって。本当にそうなのかな？　私には同じとは思えないよ。笹沼くんのほうがもっとつらい思いをしているんじゃないかって思ってしまう。

そのあとも私たちは、すれちがう同じ学校の生徒に見られても、ゴールするまでつないだ手は離さなかった。痛みや苦しみを共有するようにずっとずっと――。


この日、ゴールするまで柳瀬は戻ってこなかった。

ゴール先で聞いたのは、柳瀬が光莉に付き添《つ　そ》って病院に行ったということ。たぶん捻挫《ねんざ》だろうとのこと。笹沼くんは「そうですか」とつぶやいたあと、先生に柳瀬の荷物を渡した。

歩く会が終わり、笹沼くんと一緒に帰った。けれどお互いひと言も言葉を発することはなく、沈黙のまま歩き続けた。それは電車にのってからも同じ。言葉を交わしたのは、笹沼くんが電車から降りるときだった。

「じゃああさって」

「あっ、うん」

ドアが閉まる直前に言われた言葉。笹沼くんが降りるとすぐにドアは閉まり、カレは振り返ることもなくホームから遠ざかっていった。

走りだす電車。見えなくなっていくカレの姿を私は目で追っていた。

明日、学校は休み。笹沼くんはどんな思いで一日を過ごすのかな？　私は……？

ドアにもたれかかり、深いため息をひとつこぼした。

「好きって言えたら、どんなに楽なんだろう……」

自分で決めた道。これでいいと思っていたけど、こんなに苦しい思いばかりするなら、気まずくなってもいいから、柳瀬に告白すればよかったのかもしれない。そうすれば柳瀬のことも、光莉のことも、心から応援できていたかもしれないのに。もしかして笹沼くんも同じことを思っているのかな？　後悔している？

電車に揺られながら、たくさんの感情に支配されて押しつぶされてしまいそうだった。

同じだからわかること

「……んっ、もう朝？」

しっかり閉めていなかったカーテンのすき間から、まぶしい朝日が差しこんできて目が覚めた。昨夜はなかなか寝つくことができず、重い頭を抱えたまま起きあがり時間を確認すると、もう十時をまわっていた。

「そろそろ起きようかな」

自分の声がむなしく響く室内。このままお昼過ぎまで寝ちゃったら、今日の夜また眠れなくなりそうだ。

部屋を出てリビングへ行くものの、両親はすでに会社に行ったあとで、私の分の朝食だけがテーブルに用意されていた。テレビをつけレンジで温《あたた》めている間見てしまうのは昨夜、柳瀬から送られてきたメッセ。

《小松崎さん、軽い捻挫だった。歩く会悪かったな》

男の子らしい絵文字がない文面。それに対して私は《連絡ありがとう、安心した。柳瀬もお疲れさま》としか返すことができなかった。親友なら光莉にも連絡すべき。

なのにできなかった。

温めたものをテーブルに運び食べ始める。

きっと柳瀬のことだ。同じような内容で笹沼くんにもメッセしたはず。笹沼くんはどう思ったのかな？　またどうしても笹沼くんのことを考えてしまう。

食べ終えた食器を洗い終えると、ソファに座り再びスマホを見つめてしまった。

「光莉に連絡するべき……だよね」

昨夜は疲れて寝ちゃっているかもしれないとか、理由ばかり並べて結局メッセすることができなかった。光莉に昨日誤解させたままかもしれないし、ちょっと気まずい雰囲気のままだったから、光莉も気にしているかもしれない。

それならいますぐ連絡するべきなのに、なかなか文字を打ちこむことができずにいた。

なにやっているんだろう、私。光莉はなにも悪くないのに。自分の気持ちを打ちあけてくれたのに。

それなのに不可抗力《ふかこうりょく》とはいえ、誤解させてしまったかもしれない。ならすぐに解かないと。柳瀬が好きなのは光莉なのだから。

スマホとにらみあうこと数分、通知音が鳴った。思わず驚きスマホをソファの上に落としてしまう。

「びっくりした、誰だろう」

すぐに拾い相手を確認した瞬間、また落としそうになる。

「……光莉？」

光莉からのメッセージには《今日、時間あるかな？》と書かれていた。

えっと……これはつまり、光莉は私に会いたいってことでいいんだよね？　そう思うと急激に緊張してきた。

「あっ、返事」

既読《きどく》がついたわけだし、光莉だっていつまで経っても、私から返信がなかったら不安に思うはず。

《足は大丈夫？　今日はなにも予定ないよ。会えるなら私が会いに行くね》

絵文字も織《お》りまぜていつも通りの返信をすると、すぐに既読がつき返信が来た。

《軽い捻挫なんだけど、やっぱり痛いから家に来てもらえると助かるよ。ありがとう！　待ってるね》

最後に〝気をつけて来てね〟のかわいらしいスタンプが送られてきた。

光莉……きっと私になにか話したいことがあるんだよね？　でなければ今日の予定を聞いてこないだろうし。私も柳瀬との誤解を解きたいと思っていたし、ちょうどよかったのかも。

いい加減ちゃんとしよう。自分で告白しないって決めたんだ。いまのままの関係を崩したくないから選んだんじゃない。なら最後まで突きとおさないと。

自分自身に気合を入れて身支度を整え、足早に家を出た。

「いらっしゃい、ごめんね急に来てもらっちゃって」

「ううん、全然。それより大丈夫？」

ドキドキしながら光莉の家のインターホンを鳴らすと、右足をかばいながら出てきてくれた。いつもと変わらない光莉の笑顔にホッと胸をなでおろすも、足のほうに目がいってしまう。

「大丈夫だよ、湿布《しっぷ》取れないように包帯しているだけで、痛みはだいぶ引いたから。それより上がって」

「うん、お邪魔します」

光莉の家は三階建てアパートの二階の角部屋。何度かお邪魔したことがあるけれど、訪れるのは久しぶりかもしれない。

「おばさんは今日も仕事なの？」

光莉の部屋に向かう途中、家の中が静かで尋ねると光莉はうなずいた。

「仕事忙しいみたい」

「……そっか」

寂しそうに笑う光莉に、それ以上なにも言えなかった。

「飲み物持ってくるね」

「ありがとう」

私を部屋に案内すると、光莉は飲み物を取りにキッチンへと向かった。久しぶりの光莉の部屋。ついキョロキョロと見まわしてしまう。

「あっ……これ」

目に留まったのは、コルクボードに飾られているたくさんの写真。ほとんどが私と光莉が写っているものだった。

「懐かしいな」

一年生の頃から最近のものまである。どの写真もお互い楽しそうに笑っているものばかり。

「あっ、これ笹沼くんだ」

不意に目に入ったのは、幼い頃の笹沼くんと光莉だった。笑顔の光莉のとなりで笹沼くんはそっぽ向いているけれど、どことなく照れているようにも見える。

もしかして笹沼くんはこんなに幼い頃から光莉のことを、ずっと想ってきたのかな？

「ごめんね、お待たせ。あっ、写真？」

「うん、勝手に見ちゃってごめん」

「そんなことないよ。全然見ちゃって」

そう言いながら光莉はテーブルに紅茶とお菓子《かし》を並べてくれた。

「どうぞ」

「ありがとう、おいしそう」

テーブルを挟んで向かいあって座り、光莉が淹れてくれた紅茶を飲んだ。

「……うん、おいしい！」

「本当？　ならよかった」

笑う光莉にこっちまで笑顔になってしまう。けれどその笑顔もすぐに消えうせ、いつになく真剣な面持ちを見せた。

「あのね、萌……」

光莉のカップを持つ手が強まるのが見てわかる。聞く体勢に入るものの、こっちまで緊張してしまう中、光莉は意を決したように自分の気持ちを話してくれた。

「私ね……その、柳瀬くんのこと、やっぱり好きみたい」

消えてしまいそうな小さな声だけど、しっかりと私の耳に届いた。

「……そっか」

すぐに言葉が出なかった。柳瀬の気持ちを聞いてから、いつかこんな日が来るんだと覚悟していた。

でも——実際に光莉の口から聞くと、なんとも言えない気持ちに襲われていく。切ないような苦しいような、うれしいような……。言葉では言いあらわせない複雑な感情に支配される。

「ごめんね、萌」

「え、どうして？」

突然謝罪《しやざい》してきた光莉に心臓が飛びはねる。どうして光莉が謝るの？……もしかして私の気持ちに気づいた？ 柳瀬のことが好きだってバレちゃった？

バクバクと心臓が早鐘を鳴らす。緊張から手汗《てあせ》をかいてしまいそうだ。恐る恐る光莉の答えを待った。すると光莉はためらいがちに話し始めた。

「こんな話を聞かされたら、萌は私のこと……嫌いになっちゃうかもしれない」

「……え？」

予想外の話に目が点になる。光莉は私の気持ちに気づいたわけじゃないの？

「だって私、萌に対してひどいこと思っちゃったからっ……！」

より一層手にしていたカップをギュッと握りしめる光莉。

「昨日萌に汚《きたな》い感情抱いちゃって……ごめん、萌」

ただ謝る光莉に、どうしたらいいのかわからなくなる。「そんなことないよ」と言っても、光莉は首を横に振るばかりだった。

「萌と柳瀬くんが仲いいの、一年生のときから知ってたはずなのに、昨日……朝から一緒にいたふたりを見て、嫌な気持ちになっちゃったの。……どうして萌は私の気持ちを知っているのに、柳瀬くんとふたりで登校しているの？って」

「光莉……」

「それだけじゃない、お昼休憩《きゅうけい》のあと、私と柳瀬くんがトイレに行って戻ってきたとき、萌と篤志楽しそうに話してたでしょ？　……ふたりを見て柳瀬くんが言ったの。『なんか寂しいな』って。それを聞いて私、萌のこと妬《ねた》ましく思っちゃって……だからバチがあたったんだと思う。親友に対して、最低な感情を抱いてしまったんだから」

捻挫した足を見る光莉の目からは、大粒《おおつぶ》の涙がこぼれていく。ちがうよ、光莉。光莉はなにも悪くない。

「謝らないで、光莉。……それはあたり前な感情だよ。好きな人がほかの人と一緒にいたり、楽しそうに話しているのを見たら、誰だって嫌な気持ちになる」

私も同じだから。光莉と同じことを考えてしまっていたから。

「それに柳瀬は私のこと、友達としてしか思っていないよ！　寂しいって言ったのも、友達だからだよ。でなかったら、いつもあんなふうにお構いなしに絡《から》んでこないでしょ？」

「萌……」

やだな、自分で言っておいて切なくなっちゃうなんて。でも本当の話だ。柳瀬は私のことなんて、友達以上に思っていない。友達だから好きな子相手にはできないようなことまでできて、言えちゃうんだ。

「私のほうこそごめんね。光莉の気持ちを聞いていたのに、無神経なことしちゃって」

「そんなっ……！　そんなことないよ、萌はなにも悪くない。だって萌と柳瀬くんは中学からの付き合いでしょ？　それなのに私……」

涙をぬぐい、言葉をつまらせる光莉。心が痛い。私まで泣いてしまいそうだ。

光莉が感じている感情を、私はずっと抱いてきた。それなのに私は嘘をついている。親友なのに光莉に自分の気持ちを隠している。光莉はすべて打ちあけてくれたのに。

「萌のおかげで私、自分の気持ちに気づけたの。……柳瀬くんのことが好きだって」

力強いまなざしに息をのむ。素直に〝負けた〟って思った。同じ感情を抱いた私たちだけど、大きなちがいがある。それは自分の気持ちを隠さず話せるか、話せないか。

光莉は柳瀬への気持ちも、抱いてしまった醜い感情も隠すことなく私に打ちあけてくれた。私とはちがう。光莉はいつだってかわいくてまっすぐで、素敵な親友で……。

あぁ、そっか。私……柳瀬から光莉を好きになったって聞いたときから、負けるってわかっていたのかな?

だから自分の気持ちは伝えない、柳瀬といまのままの関係でいたいと願ってしまったのかもしれない。柳瀬にタオルをかけたのは私なのに、怖くて真実を告げられなかったのかもしれない。

光莉が相手なら勝てないとわかっていたから。親友だからこそ、光莉のすべてを知ってしまっていたから……。

「昨日けがしちゃったけど、うれしかった。……柳瀬くんが先生のところまで運んでくれて」

光莉の口もとはうれしそうに弧《こ》を描《えが》いていく。

「見た目以上にたくましくて男の子なんだなって実感しちゃって。……柳瀬くんって優しいよね。誰に対しても態度変えたりしないし、そういうところもいいなって思えたの」

「うん……」

痛いほどわかる光莉の話に、相づちを打ちながら耳を傾けた。

「お母さんが仕事で抜けられなくて病院に来られないって知ったら、付き添いの先生に無理言って迷わずついてきてくれたの。……すごく心強かった」

柳瀬らしいな。そういうところ本当にそう思うよ。

「柳瀬くんといろいろ話したの。家族のことも。……柳瀬くんね、真剣に話を聞いてくれて最後に笑顔でこう言ってくれたんだ。『全力で応援しているから』って。それを聞いて、カレのことを好きだって強く思った」

そう言うと、光莉はひと呼吸置き、真剣なまなざしを私に向けてきた。

「萌……私、頑張ってみてもいいかな？　柳瀬くんはきっと私のことなんて、なんとも思っていないと思う。でも柳瀬くんがほかの人を好きになっちゃったり、付き合ったりしたら嫌だってハッキリわかったんだ。……萌と柳瀬くんが仲よさそうに話しているところを見て思ったの」

光莉がまぶしくて仕方ないよ。どうして私は彼女のように、自分の気持ちを伝えなかったのかな？

光莉とは出会ってすぐに意気投合して、仲よくなるのに時間はかからなかった。そのときすぐに打ちあければよかったのに。そうしたらいまが変わっていたかもしれない。光莉に背中を押され柳瀬に告白できていたかもしれない。柳瀬が光莉を好きになっても、心から応援できたかもしれないのに。

けれどそれはすべてあとの祭り。いまさらどうすることもできない。私は私自身でいまの道を選んだのだから。

「応援しているよ、光莉。……全部話してくれてありがとう」

嘘はない。心から思える。私にすべてを打ちあけてくれてありがとうって。それと同時に〝私は本音を話すことができなくてごめんね〟って。

胸が押しつぶされそうだ。けれど光莉が笑って『ありがとう』って言ってくれて、少しだけ救われた気がした。私……光莉に対して最低な嘘をついているというのに。

「私も全力で応援するよ」

決めた、もう迷わない。柳瀬だけじゃない、光莉も柳瀬のことを好きになったんだ。どうあがいたって私にはどうすることもできない。なら私がするべきことはひとつだけ。全力でふたりを応援しよう。

嘘を帳消しにできないことはわかっている。でもふたりが付き合うようになって、心から『おめでとう』って言えるようになったら、許される気がするから……。

ズルイ私でごめんなさい。親友なのに、嘘をついたままでごめんね。もう二度と光莉に嘘なんてつかない。これから先、なにがあっても。だからお願い。この嘘だけは一生つきとおさせて。

それから時は過ぎていき、十二月も中旬に入った。光莉と柳瀬の距離はますます縮まっていくのが、後ろの席から見ているだけでわかった。

「もうなにも感じないんだ?」

ある日の昼休みのことだった。ひとり自販機でなにを飲もうか悩んでいると、突然となりに現れた人影《ひとかげ》。驚きすぐにとなりを見ると、自販機に手をつき私を見下ろしていたのは笹沼くんだった。

近い距離に嫌でもドキッとしてしまうも、笹沼くんは至って冷静。周囲がキャーキャー騒ごうが、お構いなしに私に答えを急かしてくる。

「幸のこと、すっぱりあきらめきれたの?」

返答に困る。そもそもどうして笹沼くんはこんなところで聞いてくるわけ? おまけにさっきから周囲の……主に女子の視線が痛い。

歩く会のときのうわさは瞬《また》く間に学校中に広まっていった。おかげさまでますます私と笹沼くんが付き合っているんじゃないかという話が根強さを増し、いままで以上に注目されるようになってしまった。

もちろん光莉と柳瀬はうわさを信じていない。あの日は光莉がけがをしてしまって動揺していた私を落ち着かせようと、笹沼くんが手をずっとつないでいてくれたことになっている。それを笹沼くんがふたりに説明したときは、驚いてしまったけれど。

笹沼くんはあの日からとくになにも変わらない。いつも教室ではあまり話さないし、本読んでばかりだし。だからいま、非常に驚いている。公衆の面前でこんなことされちゃったら余計に。

「聞いてる？」

なにも言わない私に痺れを切らしたように、顔を近づけてきた笹沼くん。

「きっ、聞いているから‼」

突然のアップ顔に思わず声を張りあげ、あとずさりしてしまった。

「ただこういうところで話すような内容じゃないから……」

ドギマギする胸をとっさに押さえながら言うものの、笹沼くんは納得していない様子で、またジリジリとつめよってきた。

「仕方ないだろ？　教室では幸と光莉がいるし。それともなに？　皆森さんはこの話をふたりの前で堂々としてもいいわけ？」

「そんなわけないじゃない！」

すぐに否定すると笹沼くんはため息を漏らした。

「だからこうして話してるんだよ。……最近、話せていなかったから」

なぜか胸がトクンと鳴ってしまう。笹沼くんの言う通り、最近私たちは言葉を交わしていなかった。うわさのこともあって、いつも以上に話さないようにしていたからかもしれないけど、もしかして笹沼くんもそうだったのかな？

「とりあえず買ったら？」

「あっ、うん」

私に飲み物を買うように促す笹沼くん。言われるがままイチゴオレを買うと、カレは「こっち」と首で合図を送ってきた。

「ここで話すようなことじゃないんだろ？　だったら場所変えよう」

「……うん」

先に歩きだした笹沼くんのあとを追った。

やってきたのは人がめったに来ない非常階段。廊下から階段に出ると、踊《おど》り場まで下った。

「ここならいい？」

「あっ、うん」

確認してきた笹沼くん。うなずくと手すりに寄りかかった。

「皆森さんも気づいているでしょ？　……光莉の気持ち。もしかしたら光莉から直接聞いた？　あいつ、バカ正直だから真っ先に皆森さんに話しそうだし」

「……うん」

苦笑いしてしまう。笹沼くんの言う通りだから。

「そっか。……で、どうなの？　皆森さん的には」

「えっと……それはどういう意味で？」

「幸のこと、もうきっぱりあきらめられたのかってこと」

ストレートな質問に心が大きく揺れる。けれどなぜか笹沼くんから視線をそらすことができなかった。

「それを聞くのは、笹沼くんは光莉のことを、あきらめられないから？」

質問に質問で返すと、笹沼くんの瞳は大きく揺れた。

「笹沼くんも気づいていると思うけど、私……光莉から聞いたよ。柳瀬のことを好きになったって」

話を聞いても、笹沼くんは表情を変えない。最近少しはカレの考えていることがわかるようになってきたと思っていたけど、いま笹沼くんがどんな思いでいるのか理解できない。それでもどうしても笹沼くんに伝えたくて話を続けた。

「私ね、笹沼くんの気持ちを知ってからずっと考えてたの。光莉と柳瀬の距離が縮まるたびに、笹沼くんも私と同じ気持ちでいるのかもしれないって」

そう思うことで私は勝手に心強く思うようになっていた。……でも本当はちがうんじゃないかな？

「笹沼くんは私と同じだって言ったよね？　同じだからわかるって。……だから私にもわかるの。本当は笹沼くん、自分の気持ちを全然抑えることができていないんじゃないかって」

　その瞬間、笹沼くんの表情は大きく変化した。視線を落とし、とまどっているようにも見える。それだけで瞬時に理解できてしまった。笹沼くんも自分の気持ちと、どう向きあっていいのかわからなくなっていたのかもしれないと。

「ねぇ……私の気持ちに気づいたのも、声をかけてくれたのも、迷っていたからでしょ？　光莉に自分の気持ちを伝えようか悩んでいたんでしょ？」

「それは……」

　言葉を濁らせる笹沼くんに構うことなく自分の思いをぶつけていった。

「私は笹沼くんの存在が心強かったよ。……笹沼くんもそうだったんでしょ？　だから柳瀬のことあきらめられるのか聞きたいんでしょ？」

「……っ！」

　図星だったようで笹沼くんは拳をギュッと握りしめた。

　そうだよね、きっと私が柳瀬を好きでいる期間より、笹沼くんが光莉を好きでいる期間のほうが長いはず。ふたりは幼なじみで、小さな頃から一緒にいたのだから。

　それなのに光莉はいま、柳瀬への気持ちを加速させている。私以上につらいはず。だからこそ言いたい。

「光莉に告白しなくていいの？　後悔しない？」

「──え？」

私の質問に笹沼くんは顔を上げた。

「私はいっぱい後悔したよ。だけど光莉と柳瀬の気持ちを聞いて、無理だってあきらめがついた。少しずつだけど、ふたりのことを応援できるようになろうって気持ちになってる。……でも笹沼くんはちがうでしょ？　光莉のこと、あきらめきれてないんでしょ？」

「俺は……」

笹沼くんの話を聞くべきなのかもしれない。けれど感情は昂ぶるばかりで、止まらなかった。

「私はこれから光莉のことも柳瀬のことも全力で応援するよ！　どちらかが告白するって言ったら協力する！」

もう決めたんだ。私は全力で応援するって。光莉の気持ちを聞いたあの日に決心したんだ。

「本当にそれでいいの？　皆森さんこそ後悔しない？」

それなのに笹沼くんは、決心を揺るがすようなことを聞いてきた。けれどそれは、まるで自分自身に問いかけているようにも見える。

「後悔しない！……って胸を張っては言えないけど、これからは後悔しないようにしたいって思うよ。もう大好きな人に嘘なんて、二度とつきたくないから」

自分の思いを伝えると、笹沼くんは目を伏せた。

「そっか……。わかった」

「え？」

そう言うと階段を上り始めた笹沼くん。意味がわからないままあとを追いかける。

そしてドアを開けて廊下に入ると足を止め、振り返った。

「じゃあ俺も皆森さんみたいに、後悔しないようにするよ」

「それって……」

言いかけた言葉を遮るように、ニッコリ微笑む笹沼くん。普段はあまり笑わない人の笑顔に、不覚にも胸がキュンと鳴ってしまった。

「戻ろうか」

私の胸キュン事情など知るよしもない笹沼くんは先に歩きだした。

「……うん」

どうにか返事をし、カレの一歩後ろをついていく。びっくりした。笹沼くんってば、突然笑うから。

いまも胸の鼓動は速いまま。少し離れて歩いていないと、ドキドキしていることがバレてしまいそうで怖い。でもさっきの言葉。後悔しないようにするってことは、笹沼くん……光莉に告白するつもりなのかな?

そう思うとキュッと胸が締めつけられる。光莉の気持ちは日を追うごとに大きくなっているはず。そんな光莉の気持ちを知っているからこそ、胸が痛む。笹沼くんに後悔なんてしてほしくない。でも気持ちがわかるからこそ、傷ついてほしくもない。

矛盾《むじゅん》する気持ちを抱えたまま、ふたりで教室へと戻っていった。

初恋とさようなら

「あー最悪、どうして二学期最後に週番がまわってくるんだよ。しかも一日おまけとかいらないいし」

「仕方ないでしょ？　順番なんだから」

週明けの月曜日。今週で二学期の授業も終了し、来週の月曜日に終業式を行い、冬休みに入る。

「いいから早く手を動かして」

「言われなくても動かしてるわ！」

週番の私と柳瀬はふたり、休み時間の合間に黒板を消していた。

「ったく、あの先生毎回書きすぎなんだよ」

文句を言いつつも、黒板中に書かれたチョークの文字を消していく柳瀬。出席番号が近い私たち。黒板の右端には今日の日付と、その下には週番のところに、私と柳瀬の名前が並んで書かれている。

懐かしいな、中学三年生のときも出席番号が近くてとなりの席で、週番も一緒にやったんだよね。こうやって一緒に黒板を消したときは、たしかいまみたいに言い合いをしながらだった気がする。どっちが号令をかけるかでもめたりもしたな。

黒板に書かれたふたりの名前を見てはひとりニマニマしちゃったし、こっそり写真撮《と》って保存したりもしていた。日誌を書かない柳瀬に無理やり書かせて、放課後ふたりで残ったりして。懐かしくて照れくさくて、甘酸《あまず》っぱい思い出。

「おい、堂々とサボるな！」

「痛っ⁉」

いつの間にか手は止まってしまっていたようで、それに気づいた柳瀬がコツンと、げんこつで叩いてきた。とっさに頭を押さえとなりを見ると、柳瀬がなにやら顎《あご》に手をあてニヤニヤ笑っていた。

「え、なに？　気持ち悪いんですけど」

いつもの調子で言ってしまうと、すぐに柳瀬にギロリとにらまれてしまった。

「お前なぁ、人が昔の懐かしい思い出に浸《ひた》っているときに、気持ち悪いはないだろ⁉」

「えー、だって本当のことだし仕方ないじゃない」

「失礼なっ！」

声を荒らげると、柳瀬はおもしろくなさそうに頬を膨《ふく》らませた。

「昔を思い出していたんだよ。皆森は覚えてないかもしれねぇけど、中三のときもこうやってふたりで黒板消しながら、お互いのことけなしあってたなって」

「……え」

意外な話に柳瀬をガン見してしまう。

「そう思うとすげぇな、高校でも同じクラスになって一緒に週番するとか。よっぽど俺たちは、悪友としてつながっているのかもしれないな」

白い歯をのぞかせて笑う柳瀬に、胸がギュッと締めつけられた。なにが悪友よ。人の気持ちも知らないで……！　黒板消しを持つ手が強まる。

「それは嫌なつながりだね」

「なにをぉ!?　そこは素直に肯定する場面だろうが！」

素っ気ないフリをすれば予想通りの反応が返ってくる。だから嫌だ。これだからなかなか好きって気持ちを消せないんだ。

「悪友って言葉のチョイスがおかしいでしょ？　……そこは〝親友〟にしなさいよね」

柳瀬の前では、なかなか私は素直になることができない。昔からずっとそうだった。でもいまだけは、素直になりたかった。私のこと、好きになってくれなくてもいい。だったらせめて親友にしてほしいと願ってしまったんだ。

だってうれしかったから。柳瀬は忘れていると思っていたのに、中学三年生のときのことを覚えてくれていたことが。いまでは私だけの思い出だと思っていたのに、ちゃんと覚えてくれていたから。

「皆森……」

精いっぱいの素直な気持ちを伝えたものの、柳瀬は驚きポカンとしちゃっている。

「なっ、なによ！　その目は‼」

あぁ、だめだ。やっぱり柳瀬の前では、私は素直になることができそうにない。かわいげなく言ってしまうも柳瀬はハッとしたあと、ニッコリ笑った。

「いや、うれしいなって思っただけ。……皆森は俺にとってこの先もずっと付き合っていきたい親友だよ」

「柳瀬……」

なによ、急にしみじみ言いだすなんて。おかげで面食らっちゃったじゃない。うまい言葉が見つからず、黒板と向きあい、ひたすら消していく。

なんて言ったらいいのかわからない。いまの自分の気持ちを。親友って言われてうれしいけど、切ない。でもこれから先もずっとって言葉が、素直にうれしかった。

「あっ、あれ？　届かない」

上のほうに書かれた文字を消すべく背伸びするも、これがなかなか届かない。

「あの先生、無駄《むだ》に背が高いからな」

気づいた柳瀬が代わりに消してくれようとしたけど……。

「あっ、あれ？　なんでだ」

先生はだいぶ高いところに書いてくれたようで、柳瀬が背伸びをしてもあと少しのところで届かなかった。柳瀬は私に代わって消そうとしてくれている。わかってはいるんだけど……。

「ぷっ」

思わず噴《ふ》き出してしまった。背伸びして必死に消そうとしている姿が、なんかかわいくて……！　口もとを手で押さえ笑いをこらえてしまう。

「おい、人が消してやろうとしているっつーのに、なに笑ってるんだよ」

「だってー……！」

さっきの光景を思い出し、さらに目の前では柳瀬がむくれているものだから、笑いは収まりそうにない。

「本当に失礼なやつだ」

すっかりご機嫌を損ねてしまったようで、柳瀬はそっぽ向いてしまった。

「ごめん、あまりに柳瀬が一生懸命《けんめい》だったからさ」

「理由になってねぇわ！」

「なにやっているんだよ」

騒ぐ私たちを見兼《みか》ねてか、笹沼くんと光莉がやってきた。

「どうかしたの？」

心配そうに聞いてきた光莉。

「いや、黒板の上のほうに書かれちゃって消せなくて」

しまった、またやってしまった。ここは教室。光莉も見ているというのに……！

また歩く会のときのように、誤解を与えてしまったかもしれない。そう思い、すぐに誤解を解こうとしたとき。

「人がせっかく消そうとしてやっているのに、皆森ってば笑うんだぜ？　ひどいと思わない？」

「アハハ、本当にふたりは仲がいいね」

柳瀬に笑いかける光莉。柳瀬は一瞬面食らうも、すぐに顔をクシャッとさせた。

「まぁな、仲は悪くないと思う」

「見ていて楽しそうだなっていつも思うよ」

話を進めるふたりに、目が点状態になってしまう。どう見ても光莉、さっきのことを気にしているようには見えないよね？　笑いながら楽しそうに話し、完全にふたりだけの世界に入っちゃっている。

なんだろう、あまりにお似合いすぎて、以前感じていた感情はわきおこってこない。素直に〝お似合いだな〟って思える。

「これ、消せばいいの？」

「え、あっ」

私から黒板消しを取ると、笹沼くんは軽々と消していく。あれだけ私と柳瀬が苦労していた箇所を簡単に消していく様子に、あぜんと見上げてしまう。

「なに？　消しちゃだめだった？」

あまりに私がまじまじと見つめてしまっていたからか、笹沼くんは居心地が悪そうに顔をしかめた。

「ううん、消してくれてありがとう！　ただその……笹沼くんって本当に背が高いなって思って」

そういえばいつも私は見上げて話している。それだけ私と笹沼くんの身長差があるんだよね。柳瀬とはほぼ同じ目線だからかな。改めて思うと変な感じがする。

「そりゃ男だしね。……まぁ、同じ男でも低いやつは低いけど」

ボソッとささやくと笹沼くんは柳瀬を見た。笹沼くんの嫌味も聞こえないほど、柳瀬は光莉との話に夢中だけど。

「……アホらし」

ふたりの様子を見てあきれたようにつぶやくと、笹沼くんは自分の席へと戻っていく。

「あ……っ」

思わず声が漏れ、あとを追ってしまった。『アホらし』なんて言っているけれど、心の中ではちがうことを思っている気がして。

席に戻ると笹沼くんは読みかけの本を読み始めた。その姿をチラチラと盗み見してしまう。

「もしかして俺の心配でもしてくれてるの？」

「……へ？」

視線は本に向けたまま放たれた声に、間抜けな声を出してしまった。すると笹沼くんはゆっくりと目線を本から私に向けた。

「大丈夫、俺は俺なりに後悔しないようにやっているから」

「笹沼くん……」

そう言うと笹沼くんは再び本の文字を追い始めた。それは光莉に告白するってことなの？って聞きたかったけれどグッとこらえた。

私は私で前へ進もうとしているように、笹沼くんも後悔しないように、前に進んでいると思うから。

「なんだよ、席に戻るなら声かけてくれよな」

「そうだよ萌！　教壇に立ちっぱなしで、ちょっと恥ずかしかったんだけど」

やっとふたりだけの世界から帰還したのか、慌てて席に戻ってきたふたり。途端に息ピッタリに抗議してきた。

「罰《ばつ》として今日の日誌は皆森がひとりで書けよな」

「なにそれ！　罰の意味がわからないんですけど‼」

「そのままの意味だ」

一方的に言うと、柳瀬はさっさと前を向いてしまった。

「なんなのよ、いったい」

「まぁまぁ。……柳瀬くん、最近萌と篤志が仲よしだから、いろいろとつまらないんじゃないのかな」

「え？」

コソッと耳打ちしてきた光莉の話に耳を疑ってしまう。

「内緒《ないしょ》だけどよく柳瀬くん、ぼやいているんだよ。萌と篤志が仲よくて寂しいって。ふたりともなにも話してくれないから、余計にそう思っているみたい」

「……そんなこと言っていたんだ」

意外すぎて驚きを隠せない。柳瀬がそんなふうに思っていることも、光莉に話していたことも。

あぁ、そっか。だから光莉は歩く会のときみたいに、不安にならなかったんだ。柳瀬は柳瀬なりに自分の想いを伝えている。深い話まで光莉にしているのだから。

「あとで萌の恋バナ、ちゃんと聞かせてよね。全力で応援するから」

「え、ちょっと光莉⁉」

なにか大きな勘ちがいされている気がするんですけど！

弁解する余地もなく、先生が教室に入ってくるとチャイムも鳴り、光莉は前を向いてしまった。絶対光莉、私と笹沼くんのことで誤解しているよね？　もしかしたら柳瀬も。

けれどまぁ……勘ちがいしてもらっていたほうがいいのかもしれない。下手にふたりが私の気持ちに気づくより、笹沼くんのことを好きなのかもって思ってくれていたほうが、いいんだよ。

柳瀬の号令とともに始まった古典の授業。授業中、黒板に書かれた文字を目で追いノートに書き記していると、どうしてもふたりの背中が目に入ってしまう。

お互い黒板に目を向け先生の話を聞いている。でも授業の合間には、お互い向きあって楽しそうに話している。確実に近づくふたりの距離を日々感じていた。

チラッととなりを見ると、笹沼くんはノートに書き写している。きっとふたりを見てきたのは私だけではないはず。

笹沼くんは、これからどうするつもりなのかな？　やっぱり光莉に告白するのかな？　……ううん、するに決まっているよね。だってさっき言っていたじゃない。後悔しないようにやっていると。

シャーペンを持つ手が強まる。どうして恋愛ってみんなが幸せになれないのかな？　幸せになれる人と傷つく人ができちゃうんだろう。

恋をするって簡単なようで難しいことなのに。好きな人にめぐりあえるって幸せなことなのに。どうしてあきらめなくちゃいけないときもあるんだろう。私も幸せになりたい。……でも柳瀬にも光莉にも、笹沼くんにも幸せになってもらいたいなんて、無理な願いなんだろうな。

気持ちを切りかえ、授業に集中した。

それから二日間はとくになにもなく、いつも通りの時間が過ぎていった。

柳瀬とはやっぱり言い争いをしながらも、協力して週番の仕事をこなしていき、気づけばあと三日通学すれば二学期も終わり。冬休みに入ろうとしていた。

「萌、帰りケーキ食べていかない？」

「いいけど、光莉今日バイトは？」

帰りのHRが終わると同時に、いつも一番に教室を出ていく光莉。けれど今日はHRが終わっても慌てる様子も見せず、笑顔で振り返り聞いてきたのだ。

「今日はお店が休みなんだ。だから寄り道しようよ、萌と放課後一緒に過ごせる時間なんてなかなかないし！」

声を弾ませる光莉に口もとが緩む。

「いいね、ケーキ！　行こうか！」

「そうこなくちゃ！」

お互い顔を見合わせ笑いあっていると、柳瀬が割って入ってきた。

「ストップ！　ケーキもいいけど皆森、週番の仕事が終わってからにしてくれよな」

「あ、そうだった」

今日は校庭に上がっている国旗と、校章が描かれている旗を下ろす当番の日だった。

各クラスの週番が交代で朝と夕、上げ下ろしをしている。

「じゃあ萌、私先に駅ビルに行っててもいいかな？　買いたいものがあるから」

「ごめんね、終わったらすぐ行くから」

「了解」

そう言うと光莉はバッグを手に教室を出ていった。

「幸、図書室で待ってるから」

「おう、わかったよ」

光莉に続いて笹沼くんも柳瀬に声をかけると、教室から出ていった。

「お互い待たせているし、さっさと終わりにするか」

「そうだね」

私と柳瀬も校庭に向かうべく教室をあとにした。


「うわぁ、外寒いな」

「そりゃもう十二月も後半ですから」

ふたりで協力して旗を下ろし、たたんでいく。その間も容赦なく北風が襲ってくる。手早くたたみ、保管場所へと運んだ。

「これでよしと！　じゃあ帰ろうか」

指定の場所にしまい柳瀬に声をかけるものの、どうも様子がおかしい。いつもの柳瀬じゃない。モジモジしだし、なぜか私の様子をうかがっているように見える。

「どうかしたの？」

気になり声をかけると、待っていましたと言わんばかりに声をあげた。

「あのさっ……！　相談っていうかその……お願いがあるんだけど！」

つっかえる声と余裕がない姿に、こっちまで変に身構えてしまう。

「なに？」

尋ねると柳瀬の目は忙しなく泳ぎだし、視線が定まらなくなる。誰もいない廊下の窓から差しこむ夕日が、柳瀬の顔をより一層赤く染めていく。

「その……さ、俺――」

言葉をつまらせながら必死に絞り出すように言うと、覚悟を決めたように耳まで赤く染め、まっすぐ私を見つめてきた。

「俺、小松崎さんに告白しようと思うんだ！」

宣言するように放たれた言葉に息がつまり、瞬きすることを忘れてしまった。

「いや、正確には最近ずっと告白したいと思ってた！　冬休みに入る前に気持ち伝えたくて……！」

話を続ける柳瀬から視線をそらせない。

「でもなかなかタイミングがつかめなくて……。でも今日はバイトが休みなんだろ？　だからその、チャンスだと思って！　……俺、今日告白してもいいかな？」

「柳瀬……」

どう、答えればいいのかな？　そもそもどうして柳瀬は私に言ってきたの？　返答に困っている私に気づいたのか、柳瀬はまくしたてた。

「ほら、皆森このあと小松崎さんと約束してるし！　だからその、ふたりの時間を奪うことになるからさ……」

次第にしどろもどろになっていくと、柳瀬は頭を抱えしゃがみこんでしまった。

「だーもう‼」

「え、ちょっと柳瀬？」

突然声を荒げしゃがみこんだ柳瀬にギョッと驚き、私も柳瀬と目線を合わせるようにしゃがみこんだ。すると柳瀬は少しだけ顔を上げ、私を見すえてきた。

「悪い、ちがうんだ。……怖くてさ」

そう言うと柳瀬はギュッと体を押さえる。

「俺、告白とかしたことないし不安しかなくて。……それにせっかく小松崎さんと仲よくなれたのに、告白していまの関係が崩れるのが怖くてさ」

ポツリポツリと漏らされる柳瀬の本音に胸が締めつけられていく。まるで自分の話を聞いているようだった。私も柳瀬を好きになった頃、同じことでたくさん悩んだから。

何度も柳瀬に告白しようと思ったことがある。そのたびに不安に襲われていたの。せっかく柳瀬と仲よくなれたのに、いまの関係が壊れてしまったらどうしようって。不安で仕方なくて、結局私は臆病《おくびょう》になってしまい、柳瀬に自分の気持ちを伝えることができなかった。

それはいまも同じ。勇気を出せなくて、自分の気持ちに嘘をついて……。たくさん後悔している。

「ごめんな、こんな話聞かされても迷惑だよな」

「ハハッ」と力なく笑う柳瀬に気づいたら声をあげていた。

「そんなことない！　迷惑だなんて思うわけないじゃない」

「皆森……」

大きな声で話す私に柳瀬はびっくりしたのか、瞬きを繰り返している。それでも止まらなかった。

「不安になってあたり前だよ。誰だって怖いよ。でも柳瀬には後悔してほしくない」

自分の気持ちを柳瀬に伝えていく。

「告白ってタイミングだと思うから。……それに柳瀬だって誰かに背中を押してほしいから、こうやって私に打ちあけてくれたんでしょ？」

柳瀬の気持ちわかる。私だって柳瀬を好きになったこと、誰かに聞いてほしかった。相談にのってほしかった。

もし、柳瀬みたいに誰かに話すことができていたら、告白する勇気を出せていたかもしれないのにって、後悔するばかりだよ。そんな後悔を柳瀬にはしてほしくない。

「行きなよ、柳瀬。光莉と連絡先くらい交換《こうかん》したんでしょ？　駅ビルにいると思うから。……頑張ってこい！」

グーパンチで柳瀬の肩を叩くと、カレはよろめき尻餅《しりもち》をついた。けれどすぐに笑顔で勢《いきお》いよく立ちあがった。

「サンキュ、皆森！　……やっぱお前は親友だわ。皆森の言う通り、俺……誰かに背中を押してほしかったと思うから」

下から眺める柳瀬のはにかむ笑顔がまぶしくて、私も立ちあがった。

「行ってくるわ！　もし……振られたりしたら、ちゃんと慰めてくれよな」

バカだな、柳瀬が光莉に振られることなんてあるわけないのに。不安げに瞳を揺らす柳瀬に勇気を与えるよう、満面《まんめん》の笑みを向けた。

「いいよ！　そのときはウザいくらい慰めてあげるから」

伝えると柳瀬はホッとしたように、口もとを緩めた。

「ありがとう、皆森」

そして優しい声でお礼を言うと、駆け足で去っていく。徐々に小さくなっていく柳瀬の背中。次第に足音も聞こえなくなった頃、こらえていた想いが涙に変わってあふれ出した。

「柳瀬っ……！」

ポタポタと落ちていく滴。なぜだろう、こうなることは覚悟していたはずなのに。

柳瀬の『ありがとう』の言葉が胸に突きささった。

私は柳瀬に『ありがとう』なんて、言ってもらえる資格なんてないから。だって私、柳瀬に嘘ついちゃっているんだよ？　本当は柳瀬のことが好きなのに。

最初から全力で応援していたわけではなかった。それなのに……。想いがあふれて止まらない。

静まり返った校舎内に響く鼻をすする音。でも柳瀬に伝えた想いすべてに嘘はない。柳瀬には後悔してほしくない。自分と同じように悩んでいるのなら、背中を押してあげたいって思ったから。

「……これでよかったんだよね」

これが私の望んだ未来だったはず。大好きな人と大切な親友が幸せになるんだから、いいじゃない。ふたりのそばにこれからもずっといられるのだから。

大丈夫、いつかきっと柳瀬への想いは消えるはず。だからいまはちょっとだけ泣いてもいいかな……？

ぬぐってもぬぐっても止まらない涙。すすり泣く声が響く中、突如《とつじょ》聞こえてきた足音。誰かが廊下を駆けぬける音は次第に近づいてくる。

「嘘、こっちに向かってる？」

こんなところに誰が？と思ったけれど、誰かに泣いているところを見られたくなくて、必死に涙をぬぐっているときだった。

「……いた」

突然現れた呼吸の乱れた声の主は、私の姿を確認すると安心したように肩を落とした。

「どうしてここに……？」

涙をぬぐっていた手は止まり、目の前の人物——笹沼くんを凝視してしまう。

「幸にいきなり、いまから告白してくるって聞いたから」

そういえば笹沼くん、図書室で柳瀬のことを待っているって言っていた気がする。

思い出している間に笹沼くんはゆっくりと近づいてくる。そして私の目の前で立ち止まると、笹沼くんは表情をゆがめた。

「泣くくらいなら、どうして幸の背中を押したわけ？」

「これはっ……」

慌てて頬を伝っていた涙を拭《ふ》くものの、時すでに遅し。ぬぐっていた腕をつかまれてしまった。

「……笹沼くん？」

突然腕をつかまれ体は固まってしまう。そしてゆっくり視線を上げていく。

「幸……言ってた。皆森さんが背中を押してくれたおかげで勇気が出たって。なぁ、本当にこれでよかったのか？」

訴えかけてくる瞳は、苦しそうに見える。笹沼くんは不思議な人だ。伝えるか伝えないかハッキリしろって言うから、伝えないって決めたのに。それを知っているくせに、こうして『これでよかったのか？』なんて聞いてくるのだから。

でも笹沼くんがどんな人なのか、少しだけ知れたいまならわかるよ。笹沼くんは優しい人だから。だから聞いてくれているんでしょ？

自分だってつらいはず。柳瀬が告白するんだもの。きっと光莉も柳瀬の気持ちに応えるはずだから。

「ごめんね、柳瀬の背中を押しちゃって。笹沼くんも光莉に告白しようとしていたのに」

柳瀬の背中を押したことに後悔はない。けれど笹沼くんの気持ちを考えると、申し訳なくなってしまった。

「どうして皆森さんが謝るわけ？　……自分だってつらいくせに無理しすぎ」

「――え」

一瞬のことだった。つかまれていた腕を強引に引かれると、あっという間に笹沼くんに抱きしめられたのは。

固い胸板。鼓動を奏でる心臓音。ほんのり香る柔軟剤のにおい。なにが起きているのか理解できていない私に、それらすべてが訴えかけてくる。私はいま、笹沼くんに抱きしめられているんだって。

「さっ、笹沼くん⁉」

状況を理解してしまうと、嫌でもパニックに陥ってしまう。とっさに離れようと試みるものの、すぐさま笹沼くんの腕の力が強まった。まるで逃がさないと言わんばかりに。

どうして笹沼くんは急にこんなことを？　それよりもいったん落ち着け、私の心臓‼

突然の抱擁《ほうよう》に、自分でも驚くほど胸の鼓動が速い。ドクンドクンと響く音は、確実に笹沼くんにも聞こえてしまっているはず。そう思うと恥ずかしくてたまらなかった。

「強いよ、皆森さんは。自分の幸せより他人の幸せを願えるんだから」

頭上から聞こえてきた優しい声と、背中をゆっくりなでる大きな手。びっくりして顔を上げれば、目を細め私を見つめる笹沼くんと、至近距離で視線がかちあう。

「誰もいないし俺にまで嘘つくことないでしょ？　……泣きたいなら思いっきり泣けばいい」

「……笹沼くん」

「泣きやむまで、ずっとこうしてるから」

大きな手が後頭部に触れ、さらに抱きよせられた。

「だから泣いていいよ」

なにそれ、泣いていいよって。せっかく涙を止めたのに。なのにどうしてまた泣かせるようなことをするのかな？

感じるぬくもりも頭や背中をなでる手も、声もすべてが優しくて心地よくて、嫌でも涙が込みあげてきてしまう。

瞼を閉じると暗闇《くらやみ》に浮かぶのは、柳瀬の笑顔だった。ずっと好きだった。名前も顔も知らない倒れた私を、迷うことなく助けちゃう柳瀬のことが。いつも明るくて誰に対しても優しい柳瀬のことが大好きだった。

何度も想いを伝えようとしてためらって。柳瀬のそばにいたくてたまらなくて……。考えれば考えるほど、胸が苦しくなるばかり。

「ごめっ……ちょっとだけ」

どうやっても涙を止めるすべなどなく、笹沼くんの優しさに甘えて胸を貸してもらった。

もう後悔したくない、泣きたくない。明日、ふたりから付き合うことになったって聞いても笑顔で『おめでとう』って言いたい。だからいまだけ。自分に何度も言いきかせながら、声を押し殺し涙を流していく。

柳瀬への気持ちも涙とともに私の中から流れてくれればいいのに。すぐにはきっと消せないと思う。でも思いっきり泣けば忘れられるかもしれない。少しずつでも前に進めると思う。

ずっと好きだった、大好きすぎて、告白もできないほどそばにいたかった。私にとって柳瀬は初恋の人。さようなら、私の初恋。

笹沼くんは私が泣きやむまでの間、ずっと優しく背中をなで続けてくれていた。

知られてしまった真実

パシャッと音を立てて湯船の中で顔を濡らすと、ジワリと目もとが痛む。

「泣きすぎだよね」

浴室では自分の声がよく響く。誰もいない放課後の廊下で、笹沼くんは私が泣きやむまで、ずっと抱きしめてくれていた。

甘えて胸を借りちゃっていたけれど、落ち着き涙も止まるとただ恥ずかしかった。でも笹沼くんはなにも言うことなく、『帰ろう』とひと言だけ。お互い言葉を交わすことなく、一緒に帰路についたんだ。

気づけば長い時間泣いていたようで、部活動の終了時間まで学校にいた。帰宅すると当然親に『遅かったわね』と心配され、泣き顔を見られたくなくて『先にお風呂《ふろ》入ってくる』と言い、浴室に逃げこんだ。

「少しは腫《は》れ、引いたかな？」

浴室の湯気で曇っている鏡を拭き、自分の顔を映し出す。まだまだ目もとは赤いけれど、少しはマシになったはず。

それにたくさん泣いちゃったけど、その分心は軽い。ためこむことなく泣けたからだと思う。笹沼くんが来てくれなかったら、ここまでスッキリできていないと思う。カレがそばにいてくれたから。泣いている間、ずっと抱きしめてくれていたから。

体を洗いながら思い出すのは、鮮明に焼きついている笹沼くんのぬくもりや香り、胸の鼓動。背が高くて私の体なんて、スッポリ収まっちゃうくらい胸もと広くて。

あぁ、笹沼くんは男の子なんだなって実感させられた。

「……いやいや、だからなによ！」

慌てて首を横に振り、泡《あわ》をシャワーで流していく。

笹沼くんは私のことを心配して来てくれただけ。同じように片想いしている仲間だから、優しくしてくれただけだって‼　そうだよ、笹沼くんが好きなのは光莉なんだ。私と同じように、好きな人がほかの人と付き合い始めたって報告を、本人から聞かなくちゃいけない。

「笹沼くんだって、泣きたいほどつらいよね」

それなのに自分のことは二の次で、私に泣いていいよって言ってくれた。泣きやむまでずっとそばにいてくれた。

最後に湯船に浸《つ》かりお風呂を出ると、すぐに確認してしまうのはスマホ。脱衣所《だついじょ》に置いておいたスマホを見るも、誰からも連絡はない。

「もしかしたらまだ光莉、柳瀬と一緒にいるのかな……？」

光莉なら、なにかあったらすぐに報告してくれるはず。それがないってことは、まだ柳瀬と一緒にいるのかもしれない。

それとも光莉のことだ。柳瀬と付き合うことになったってこと、メッセや電話じゃなくて、面と向かって伝えようと思い、明日話してくれるつもりなのかも。

連絡があるにしろないにしろ、ふたりが付き合い始めたと明日、聞かされるのはまちがいないこと。

「萌、先にご飯食べちゃったからね」

「うん、ごめん」

着替えを済ませキッチンへ行くと、お父さんとお母さんは食事を済ませ、ゆっくりくつろいでいた。

「自分でご飯よそって食べて」

「はーい」

ダイニングキッチンで夕食を食べている間、両親はリビングでテレビを見ていた。

先にお風呂に入って正解だったな。向かいあって座って食べたら、目の腫れに気づかれていただろうし。

食事を済ませたあと、すぐに自分の部屋へ向かった。

ドアを閉めもう一度スマホを確認しても、光莉からの連絡はない。柳瀬からもなかった。ふたりのことだし、予想通りそろって明日、報告してくれるのかもしれないな。

スマホを手にしたままベッドにあお向けに横になると、電球の灯りがまぶしくて、目を細めてしまう。次第に瞼は重くなっていき閉じていく。

明日……ちゃんと笑って『おめでとう』って言えるかな？　柳瀬と光莉が幸せそうにしているのを見て、泣かずに言えるかな？　私も……笹沼くんも。

どうしても考えてしまうのは、やっぱり笹沼くんのこと。笹沼くんは今日、自分だってつらいはずなのに私のことを慰めてくれた。だったら今度は私の番だよね。ふたりから報告されたら、笹沼くんの分も精いっぱい『おめでとう』って伝えよう。……それでもし笹沼くんが『おめでとう』と伝えなくてもいいくらい、全力で言おう！　……それでもし笹沼くんが落ちこんでいたら、励《はげ》ましてあげたい。力になってあげたい。

私は今日、笹沼くんがそばにいてくれてうれしかったから。泣いてスッキリして、前に進めると思うから。

「そうとなれば、今日は早く寝よう」

寝る前に目の腫れを引かせるために、温めたタオルを目もとに十分にあてたあと、いつもより早い時間に眠りについた。

「いってきます」

誰もいない家の鍵をかけ、一歩踏み出す。今日はどんより曇り空。まるで天気が、私の気持ちを表現しているようだ。こういう日はせめて、雲ひとつない青空であってほしかったな。

そんなことを考えながら歩みを進めていくと見えてきた最寄り駅。いつもの時間に利用している駅では、すっかり顔なじみなサラリーマンや学生もちらほら。改札口を抜けるのに、バッグから定期を出したときだった。

「え、柳瀬……？」

改札口付近に立つカレの姿を視界に捉《とら》えた瞬間、びっくりして声をあげてしまった。

「あ、おはよう皆森！」

私の声に気づいた柳瀬は私を見つけると、コートのポケットに手を突っこんだまま歩みよってきた。

「おはよう。え、どうしているの？」

いつもの時間にいるはずのない柳瀬に、頭の中は軽くパニック状態。けれどよく見ると柳瀬は浮かない表情で、あれ……？って思った。

だって昨日光莉に告白して、絶対うまくいったはず。よく考えれば柳瀬は報告するために、わざわざ私のことを待っていてくれたのかもしれない。でも、それにしては浮かない顔だ。柳瀬の性格からしてすぐ顔に出ちゃうから、満面の笑みで来てもおかしくないのに。

疑問が膨れあがる中、柳瀬は言いにくそうに頭をかきながら話しだした。

「ほら、皆森には昨日世話になっただろ？　だから一番に報告しようと思ってさ」

「……うん」

実に柳瀬らしい考え方だ。それはわかるけど……どうして柳瀬ってば、いまにも泣きそうな顔をしているくせに、無理して笑っているの？

ドクン、ドクンと胸の鼓動が速くなる。

「せっかく皆森が背中を押してくれたんだけど、さ。小松崎さんにはっきり断られたんだ。……ごめんなさいって」

「……う、そ」

まさかの話に思考が追いつかない。だって光莉も柳瀬のことが好きなんだよ？　それなのにどうして光莉は柳瀬に『ごめんなさい』なんて言ったの？

思いもしなかった展開に、なんて声をかけたらいいのかわからなくなる。

「振られはしたけど、これからも友達でいてくれるって言ってくれたんだ。……自分の気持ちも伝えられたし、後悔はないから」

柳瀬の嘘つき。後悔はないなんて言っているけど、必死にこらえているのバレバレだ。平気なフリしてバカみたい。つらくないわけないじゃない。

「柳瀬、あの……」

「約束通り、思いっきり慰めてくれよな！」

私の声に被せてきた柳瀬。朝日に照らされた笑顔はぎこちない。強がっているのは明白だ。

「じゃあ俺、行くわ。……さすがに小松崎さんと同じ車両にはのれねぇから」

「柳瀬っ！」

とっさに声をあげるも、柳瀬は私に背を向けて手を振りながら、先に改札口を抜けていってしまった。

「……信じられない」

ひとり取りのこされた私は、ポツリとつぶやいてしまう。

本当に信じられない。光莉が柳瀬を振る、なんて。光莉は私に、柳瀬のことが好きだってハッキリ言っていた。それに最近のふたりを見ていたら、お互いがお互いを想いあっているのが、嫌でもわかるくらいだった。それなのになぜ光莉は柳瀬を振ってしまったの？

ぼうぜんと立ちつくしてしまうも、電車の時間が迫《せま》っていることに気づき、慌てて改札口を抜け、ホームへ向かっていく。

一駅先で光莉と会える。会えば聞けるけど、居ても立ってもいられなかった。

ホームに向かいながらもバッグの中からスマホを取り出し、光莉に電話しようとしたとき、彼女からメッセが届いていたことに気づいた。

すぐにメッセージを表示すると、そこには《風邪引いちゃって、今日は学校休みます》と書かれていた。

「嘘でしょ」

昨日まで元気だったじゃない。風邪なんて引いていなかった。

ホームに着くとすぐに電車が到着しのりこむも、頭の中は混乱したまま。もうわけがわからない。光莉に聞かないことにはなにもわからないのに、休みなんて。

柳瀬と会うと気まずいから？　でもどうして気まずいの？　好きな人なのに。そんな相手から告白されたのに、どうして振っちゃったの？

グルグルと考えているとあっという間に次の駅にたどり着いた。いつも光莉がのってくる駅。けれど今日はメッセに書かれている通り、光莉はのりこんでこない。

どうしよう……学校に行ってもこのままじゃ、まともに授業を受けられる自信ないよ。気になって仕方ない。なにより無理して元気に振るまう柳瀬を見ているのがつらい。

次々とのりこんでくる乗客。

「すみません、降ります」

一瞬ためらってしまったけれど、意を決しドアのほうへ向かっていく。どう考えても、このまま光莉のいない学校には行けないよ。会って話がしたい。

押し進み電車から降りようとしたけれど、腕をつかまれ止められてしまった。

「あっ……！」

ドアは閉まり、電車はゆっくりと走りだしていく。途方に暮れながらドアを見つめてしまっていると、深いため息が聞こえてきた。

「なにやっているの？　いま、降りようとしたよな？」

つかまれていた腕は解放され、笹沼くんはあきれたような目で私を見下ろしてきた。

「だって……」

言葉が続かず、唇を噛みしめてしまう。

なにから話せばいい？　私でさえまだ頭の中が混乱しているというのに。どう説明したらいいか困っていると、笹沼くんは周囲を見まわしだした。

「もしかして光莉、今日休みなの？」

いつも一緒にいるはずの光莉がいないことに気づき、聞いてきた笹沼くん。うなずくと力ない声で「そっか」とつぶやいた。

「その顔だと、光莉か幸から聞いたんだな。……昨日のこと」

「……っ！　じゃあ笹沼くんも⁉」

びっくりしてしまい、思わず大きな声が出てしまった。

「ごめっ……！」

一気に注目を集めてしまい口もとを手で覆った。

「もしかして柳瀬から聞いたの？」

今度は声を潜め聞くと、笹沼くんは首を縦に振った。

「昨夜電話があった。光莉に振られたって。……バカみたいに明るい声で言うから、なにも言えなかったし聞けなかった」

「そうだったんだ……」

柳瀬ってば、笹沼くんにも無理して明るく振るまっていたんだ。つらいはずなのに、昨日告白することを知っていた私と笹沼くんに律儀に報告するなんて。

「どうして光莉は休みなの？」

「わからない。ただ、風邪引いたから休むとしか連絡なくて」

「そっか……」

次の駅に到着し、乗客が入れかわりのりこんでくる。そしてまたゆっくりと電車が走りだす。

「だから皆森さん、電車から降りて光莉の家に行こうと思ったわけだ」

言いあてられ、居心地が悪くなる。それはつまり学校をサボろうとしていたことになるから。

「……うん」

「皆森さんの気持ちはわかるけど、いまはそっとしておくべきじゃない？」

「え？」

「光莉は自分の気持ちが決まるまで、ひとりで抱えこむタイプだから。……でもきっと光莉のことだから、自分の中で整理がついたら話してくれると思うよ」

説得力のある話に、なにも言えなくなる。笹沼くんの言う通り、光莉はそういう子だ。悩んでいることがあると、とことん自分で考える。

光莉と出会って約二年。そういえば光莉から悩みを相談されたことは、一度もなかったかもしれない。いつも事後報告で、柳瀬のことだって――。

笹沼くんは本当によく光莉のことを知っているんだ。そうだよね、私より笹沼くんのほうが光莉との付き合いは長い。あたり前のことだと思う。でも。

「笹沼くんは、光莉と柳瀬が、このまま付き合わなければいいと思ってる？」

「そんなことひと言も言っていないだろ？」

癇《かん》に障《さわ》ったのか、いつもより声のトーンが低い。

「じゃあどうしてそんなに冷静でいられるの⁉　ふたりにとって一大事だよ？　普通

は力になってあげたいって思うでしょ？」

感情的になってしまっているってわかっている。対照的に笹沼くんは深いため息を漏らした。

「これは光莉と幸の問題だし、部外者の俺たちがなにを言っても、仕方ないだろって言ってるんだけど」

笹沼くんは冷静に言っているかもしれないけれど、怒っているって声を聞いただけで伝わってくる。いつも笹沼くんの言うことは正しいと思う。でも今日ばかりはうなずけないよ。

「私と笹沼くんは部外者じゃないでしょ？　友達だし、好きな人じゃない。……見守るだけなんて、他人と同じだよ！」

言い返すと笹沼くんは目を白黒させた。

「わっ、私だって最初は心から応援できなかったよ？　うまくなんていってほしくなかった。でもあんな柳瀬を見ちゃったら、居ても立ってもいられないよ。力になりたい。……笹沼くんはちがうの？　光莉がつらいくせに無理して笑っている顔を見ても、平気でいられる？　見守っていようって言える⁉」

話している途中で感情は昂ぶっていき、声を荒らげてしまうと、笹沼くんは圧倒《あっとう》されたようにたじろいた。その姿にハッと我に返る。

ヤバイ、私ってば感情的になりすぎ。笹沼くんには笹沼くんの考えがあるのかもしれない。見守ることだって優しさだよね。冷静になれば理解できる。

でもいくら理解しても自分とはちがう思考に、いら立ちを抑えることはできなかった。ちょうど降りる駅に到着し、ドアが開く。

「……っごめん、先に行くね」

後悔はない。正直な私の気持ちだから。でも笹沼くんの顔が見られなくて、逃げるように電車から降りた。そのままホームを抜け改札口も駆け足で進んでいく。

なにやっているんだろう、私。次第に進むスピードは落ちていき、みんなと同じように歩いて向かっていく。

後悔はないけど、笹沼くんの気持ちを考えると胸が痛い。抑えきれなくて自分の思いを伝えてしまった。……しかも一方的に。

笹沼くんは冷静に努めてくれていたのに、私は感情のおもむくままに言ってしまった。最近の笹沼くんは優しくて、勝手に同じ境遇にいる仲間だと認識してしまっていたのかもしれない。だからこんなに胸が痛むのかも。

笹沼くんなら、同じようにふたりのために力になろうって、言ってくれると思いたかったのかも。押しつけちゃったよね、自分の思いを。

足を止め振り返るも、笹沼くんの姿は見当たらない。電車を降りる前に謝ったけど、あんな謝り方じゃちゃんと笹沼くんに伝わるわけない。学校に行けば会えるとわかっていてもまわれ右をし、来た道を戻っていく。

もう一度ちゃんと謝ろう。少し進むと同じ制服を着た人混みの中から、ひと際目を引く人物が視界に入る。

身長百八十センチ以上ある生徒なんて、数えるほどしかいないから余計に目立つ。カレの元に近づいていくと向こうも私に気づき、足を止めた。

目が合うと気まずさが増すものの、どうしてももう一度面と向かって謝りたい。まっすぐ笹沼くんの元へ向かい目の前で足を止めると、そのまま頭を下げた。

「え、皆森さん？」

頭上からはとまどう声が聞こえてきたけど、頭を下げたまま口を開いた。

「さっきはごめんなさい。笹沼くんには笹沼くんの思いがあるのに、一方的に自分の考えをぶつけちゃって」

ゆっくりと頭を上げるものの、目線は地面を捉えたまま。

「それにさっきの謝り方もごめん。言い逃げみたいで……」

しどろもどろになりながらも自分の思いを伝え、チラリとカレを見る。すると笹沼くんは目をパチクリさせ私を見つめていた。

「……あの、笹沼くん？」

なにも言わないカレに問いかけると、途端に表情を崩した。

「いや、その……」

言葉を濁したあと、口もとを手で覆うと、なぜか急に声を押し殺しながら笑いだした。

えっと……どうして笹沼くんは笑っているのだろうか。私は誠心誠意謝ったわけで、決して笑わせようとしていたわけじゃない。それなのになぜ？

意味がわからずただぼうぜんと見ていると、笹沼くんは「悪い」とつぶやいたあと、自分を落ち着かせるように息を吐いた。

「わざわざ引き返して来てまで謝るとか、なんか皆森さんらしいなって思って」

いまだに笑いは収まらないようで「ククク」と喉もとを鳴らしちゃっている。

「だっ、だって……！」

そもそも私らしいってなに？　悪いと思ったから謝ったわけで。それって人としてあたり前な感情じゃないの？

予想外に笑われて軽くテンパってしまっていると、ますます笹沼くんは苦しそうに口もとを押さえた。だけどすぐに口もとを覆っていた手を外《はず》し、見たことない笑顔を向けてきた。

「わざわざありがとう。……ちゃんと伝わったよ、皆森さんの気持ち」

「……っ！　それは、よかったです」

不意打ちの笑顔は反則すぎて、恥ずかしくなり敬語になってしまった。それに対しても笹沼くんはツボにハマったようで、また笑われる始末。

「とりあえず学校行こうか。それにこのままずっと立ったまま話していたら、変に注目されっぱなしだし」

「え？」

言われて周囲を見れば、笹沼くんの言う通り注目の的になっていた。

そうだった、ここは同じ学校の生徒が通る通学路。どうして私ってば、自分から注目されちゃうような言動を取っちゃったかな！

後悔している私に笹沼くんは「ほら早く行くよ」と急かしてきた。相変わらず見下ろされる身長差。けれど以前のような威圧感はなく、優しさが感じられる。

「……うん」

目が合うと胸がトクンとなる。カレの優しさを感じるほどに——。

並んで学校へ向かう中、笹沼くんは口を開いた。

「電車の中の続きだけどさ、俺も光莉と幸がうまくいかなければいいなんて思っていないから」

「それはっ……！」

すぐに否定しようとしたけれど、笹沼くんに遮られてしまった。

「俺はただ、これ以上もう皆森さんに傷ついてほしくないだけ」

え、私……？　光莉じゃなくて？　とまどい、となりを歩く笹沼くんを凝視してしまう。するとカレはまっすぐ前を見すえたまま話を続けた。

「皆森さんの気持ち、わかるから。……だからもう自分から傷つくようなことはしてほしくない。それにあのふたりなら、誰が見ても両想いだろ？　光莉がなにを思って幸の告白を断ったかわからないけど、いまはそっとしておくべきだと思ったんだ。光莉ならきっと、自分の力ではどうすることもできなくなったとき、頼ってきてくれると思うから」

「笹沼くん……」

「こっちこそさっきは、言葉足らずで悪かった」

ふとこちらを見た笹沼くんは、申し訳なさそうに眉を下げていた。

「ううん、そんなことないよ！　私のほうこそごめんなさい。……ちゃんと最後まで話を聞かず感情的になっちゃって」

本当に私ってばだめすぎる。ますます申し訳ない気持ちになっちゃったよ。それなのに笹沼くんは、そんなことないと言うように首を横に振った。

「もどかしいかもしれないけどさ、まずは待ってやろう。光莉から話してくれるの」

どんな思いで光莉が、柳瀬の告白を断ったのかわからない。でも笹沼くんの言う通り、光莉は必ず話してくれると思うから。

焦っていた気持ちは次第に薄《うす》れていく。感情的になりすぎだよね、私。いつもそうだ、冷静に考えればいいのに。

それから笹沼くんと肩を並べ、学校へと向かった。


笹沼くんに言われて、光莉から話してくれるのを待とうと思えたものの、その日の柳瀬を見るたびに、決心は揺らいでいった。

明らかに無理しているし、カラ元気。光莉が休みって知ってますます拍車をかけた。光莉の気持ちも大切にしたいけど、一日中柳瀬の無理している姿を見ると、胸は痛むばかりだった。


長い一日が終わり、帰りのHRが終わると、柳瀬はすぐに席を立ち「また来週」と言って帰っていった。いつもは誰かと必ず寄り道したりしているのに、ひとりで教室を出ていく後ろ姿に、胸が締めつけられる。

「笹沼、ちょっといいか？」

「……うん、そうだね」

柳瀬の背中を見送っていると、笹沼くんが先生に呼ばれた。目で追っていくと、今日渡された手紙を受け取っている。

あっ、もしかして光莉の家に届けるよう頼まれたのかな？　以前光莉が休んだ日のことを思い出し、席に戻ってきた笹沼くんにすぐに聞いた。

「それ、光莉の家に届けるの？」

「……そう、だけど？」

やっぱりそうだったんだ！

「お願い！　私に行かせてもらえないかな⁉」

「え、皆森さんが？」

「うん、やっぱり光莉から話を聞きたくて。……聞けなくても光莉がいまどうしているか気になるし」

様子だけでも見たい。悲願するように笹沼くんを見つめていると、預かった手紙を差し出してくれた。

「じゃあお願いできる？　光莉もきっと俺が届けるより、皆森さんに届けてもらえたほうが、喜ぶと思うから」

「っありがとう‼」

笹沼くんから手紙を受け取り、急いで帰り支度を整えて席を立つ。

「本当にありがとう！　行ってくるね！」

もう一度お礼を言うと、笹沼くんは「いってらっしゃい」と送り出してくれた。手を振り教室をあとにする。息を切らしながら、急いで光莉の家へと向かった。


「光莉、いるよね……？」

あれから息も途切れ途切れにたどり着いたものの、いざインターホンを目の前にするとためらってしまっていた。

光莉は誰とも会いたくなかったから、今日学校を休んだのかもしれない。けれどもしそうなら、親友として力になってあげたい。

ここまで来て悩むこと数分。意を決しインターホンを押した。ドキドキしながら待っていると、光莉のためらいがちな声が聞こえてきた。

『……萌？』

「あっ、光莉？　あの、手紙を届けに来たの」

緊張はピークに達し、声が裏返ってしまう。それでもどうにか笹沼くんから預かった手紙をインターホンに向ける。

『ありがとう。でもごめん、体調悪くて。……ポストに入れておいてもらえるかな？』

「え……ポスト？」

言われるがままポストのほうへ視線を向けた。それはつまり、いまは私と会いたくないってことだよね？

予想外の展開に言葉を失ってしまう。会いに来れば光莉は家に招き入れてくれて、どうして学校を休んだのか、どうして柳瀬からの告白を断ったのか話してくれると思っていたから。

『ごめんね、萌』

光莉の声で我に返る。ショックだけど、でも私だって光莉に話せないことがある。それだけ光莉はいま、なにかに悩んでいるのかもしれない。そう思うと、ここで引き下がるわけにはいかないよ。

「光莉待って！　家に入れてくれないかな？　だって光莉はいま、ひとりになりたくて学校を休んじゃうくらい悩んでいるんでしょ!?　だったら家に入れて！　心配で放っておけないよ」

気づいてしまったら、親友として放っておけない。悩みがあるなら、話してほしい。インターホン越しに、こちらを見ているはずの彼女に必死に訴えかける。

「光莉は話したくないことかもしれないけど、光莉が苦しいなら私も苦しいよ。だから お願い。話してくれなくてもいい、せめて顔を見せてくれないかな？」

会いたい、光莉に。強い思いをぶつけると、少しして家の中から、こちらに向かってくる足音が聞こえてきた。

そしてゆっくりと開かれた玄関《げんかん》のドア。その先にはうつむく光莉の姿があった。

「光莉……」

名前を呼ぶと彼女はゆっくりと顔を上げた。

「萌……」

目が合った彼女の目もとは真っ赤に染まっていて、すぐに泣いていたのだと理解できた。でもなぜ？　どうして光莉は泣いていたの？

玄関先でお互い見つめあったまま立ちつくしてしまう。

「上がって」

「あ、うん」

招きいれられ、足を進める。案内された先はリビングだった。

「ごめん、いま自分の部屋、ちょっと散らかっているから」

そう言いながら光莉はキッチンへ向かい、温かい紅茶を淹れて戻ってきた。

「はい、萌」

「ありがとう」

マグカップを受け取り、リビングのソファにお互い腰を下ろした。明らかにいつもと様子がちがう光莉に、どう切り出したらいいかわからず、淹れてもらった紅茶を飲んだ。

シンと静まり返っているリビング。暖房の温かい風が吹き出る風音だけが響く中、光莉はマグカップを両手で握りしめると、ゆっくりと話し出した。

「もしかして柳瀬くんから話を聞いた？」

「……うん」

いきなり本題を切り出されとまどいながらもうなずくと、光莉は力ない声で「そっか」とつぶやいた。

言葉が続かない。どうしよう、聞いてもいいのかな？　どうして柳瀬の告白を断っちゃったのかを。悩んでいると、光莉はまたゆっくりと語りだした。

「昨日、萌を待って買い物していたら、いきなり柳瀬くんから連絡があって、びっくりしちゃった。……でもすごくうれしかった」

うれしかった？　そうだよね、光莉だって柳瀬が好きなんだから。

「どうして断ったりしたの？　うれしいくらい、柳瀬のことが好きなんでしょ？」

唇を噛みしめ問いかけると、光莉は大きく瞳を揺らした。

「うん……好きだよ、柳瀬くんのことが大好き。だから断ったの、付き合えないって」

鼻をすする光莉に、ますます混乱していく。泣くほど好きなら、どうして断ったりしたの?と。

「ごめっ……私、いまからひどいこと言っちゃうけどいいかな?」

涙をたくさんためながらこっちを向いた光莉は、せきを切ったように話しだした。

「柳瀬くんが私を好きになったきっかけを聞いたの!」

衝撃の話に固まってしまう。嘘……それじゃもしかして光莉は?

「柳瀬くん、私が体育祭の日にそっとタオルをかけてくれたって言ってた! 落ちこんでいるのを察して、なにも言わずかけてくれたって! それが私を好きになったきっかけだって聞かされたの‼」

涙をぬぐうことなく、光莉は悲痛な思いをぶつけてきた。

「柳瀬くんにタオルをかけたのは、萌なんでしょ……? どうしてちゃんと話してくれなかったの? そんなことがあったって! どうして柳瀬くんにタオルをかけたのは、萌だって話してくれなかったの……?」

「それ、は……」

どうしよう、なんて説明したらいい? どこから話したらいいの?

なにも話さない私に光莉は怒りを募《つの》らせていった。

「私を好きになってくれた理由が、萌なんだもの! 好きって言ってくれても『私も』なんて言えるわけないじゃない！　柳瀬くんが好きになったのは、私じゃないんだから」

「そんなっ……」

「そうでしょ？　……柳瀬くんが好きになったのは、本当は萌だよ」

ちがう、そんなことない。なんて、言えるはずなかった。どうすれば光莉に伝わる？　ううん、そもそも伝えるすべなんてある？

「ごめん、もう帰ってもらってもいいかな？　でないと私、もっと萌を傷つけるようなこと言っちゃうから」

「光莉、私っ……」

「お願い！」

すべてをシャットダウンするように光莉はうつむき、涙をぬぐう。その姿を見たらこれ以上なにも言えなかった。

ゆっくりと立ちあがり、リビングを出る直前振り返った。いまも光莉はうつむいたまま泣いている。

「ごめんね、光莉……」

こんな言葉しか出てこない。胸が痛い、苦しい。あふれそうになる涙を必死にこらえ、光莉の家をあとにした。

私……なにやっているんだろう。最低だ。好きな人も親友も傷つけてしまった。これが正しいと思っていた。

体育祭のあの日、柳瀬にタオルをかけたのは光莉でいい。自分の気持ちは隠すべき。これからもふたりとずっと一緒にいたいからって。でもこんなの、自分勝手な思いだったのかもしれない。大きくまちがっていたのかもしれない。

フラフラした足取りで、駅へと向かっていく。

柳瀬の気持ちを聞いた日、タオルをかけたのは、私だってちゃんと言えばよかった。言った上で、光莉とのことを応援すればよかったんだ。ただのきっかけであって、柳瀬は光莉の内面を見て惹かれたのだから。光莉にだって……！

後悔ばかり押しよせてきて、押しつぶされてしまいそうだった。苦しくてつらくて痛い。こんな未来、望んでいなかった。私は……！

「なにやってんだよ」

急に勢いよくつかまれた腕。驚き顔を上げると、視線の先には焦った顔をした笹沼くんがいた。

「光莉の家に行って、どうして皆森さんが泣きそうになっているわけ？」

「笹沼くん……」

どうしよう、笹沼くんの顔を見たら、一気に泣きたくなってしまった。涙をこらえることができず、道端で腕をつかまれたまま声をあげて泣いてしまった。

「好き」

「これ、よかったら」

誰もいない夕方の公園。ベンチに座っていた私に笹沼くんが渡してくれたのは、ホットミルクティーだった。

「ごめんね、ありがとう」

受け取ると笹沼くんもとなりに腰を下ろした。

「少しは落ち着いた？」

「……うん」

ためらいがちに聞かれた声に、申し訳なく思ってしまう。光莉の家からの帰り道、偶然会った笹沼くんの顔を見た途端、一気に涙があふれてしまった。

そんな私に笹沼くんはなにも言わず寄り添ってくれていて、人目の少ないこの公園に連れてきてくれたのだ。

「ならよかった」

安心したように微笑み言うと、笹沼くんは缶コーヒーのプルトップを開けた。そしてひと口喉に流しこむと、再び私を見すえた。

「じゃあ聞いてもいい？　泣いた理由」

泣いた理由。それはどうやって説明すれば伝わるかな？　いまだに真剣な面持ちで私を見つめる笹沼くん。きっと笹沼くんなら、どんなに説明下手でも最後まで聞いてくれるはず。なにより私自身が誰かに聞いてほしかった。

あふれる思いを一つひとつ、笹沼くんに伝えていった。


「そうだったんだ」

笹沼くんは最後まで口を挟むことなく、相づちを打ちながら話を聞いてくれて、すべて話し終えるとポツリとつぶやいた。

「私、自分の判断はまちがっていないと思ってた。でも今日のふたりを見て話を聞いたら、私が悪いんだって思って……」

あれほど泣いたというのに、光莉の表情や言われたことを思い出すと、また涙があふれそうになりうつむいた。

「光莉のこと、傷つけちゃった……」

大切な親友なのに、たくさん傷つけてしまった。

「でもそれは皆森さんもでしょ？」

「……え？」

思わず顔を上げてしまう。

「光莉が傷ついたように、皆森さんだって傷ついた。……それに一番悪いのは俺だから。俺が皆森さんの気持ちを急かすようなことを言ったから」

「それはちがうよっ！」

唇を噛みしめる笹沼くんに、慌てて声をあげた。

「笹沼くんは悪くないよ！　悪いのは私。……柳瀬の気持ちを聞いたとき、ちゃんと話せばよかったの」

「それを言ったら俺も同じだろ？　あの場面を見ていたのに、幸に本当のことを話さなかった」

ちがうと言うように首を横に振った。

「一番悪いのは私。柳瀬に嘘ついて、光莉にまで口裏合わせてもらって。……いまさら後悔したってどうすることもできないけど、時間を巻《ま》きもどせるならそうしたいよ」

柳瀬の気持ちを聞いた日に戻りたい。いまならすぐに言えるのに。体育祭の日、タオルをかけたのは私だって。

ふと空を見上げれば、いつの間にか夕日は沈《しず》みかけていて、薄暗くなっていた。おごってもらったミルクティーも、すっかり冷めてしまっている。

「ごめんね、遅くまで。……笹沼くんに話を聞いてもらえてよかった」

思いっきり泣いてスッキリできたよ。先に立ちあがり、いまだに腰を下ろしたまま神妙な面持ちで私を見上げる笹沼くんに、「帰ろう」と言葉を投げかけた。

けれど一向に笹沼くんは立ちあがることなく、私を見上げたまま。

「……笹沼くん？」

名前を呼ぶと、カレは私を見すえたままゆっくりと立ちあがった。そして真剣な面持ちで今度は私を見下ろしてくる。

「皆森さん、俺……」

言いかけ、言葉をつまらせる笹沼くん。少し経つと何事もなかったように「駅まで送る」と言い、先に歩きだした。

あとを追いかけるも、気になって仕方ない。さっき笹沼くんは、なにを言おうとしたのかな？　気になっても聞くことはできず、あっという間に駅にたどり着いてしまった。

「ありがとう、送ってくれて」

「いや。……ごめんな、なにも気の利いた言葉ひとつ言えなくて」

また謝ってきた笹沼くんに、首を横に振る。

「だからそんなことないってさっきも言ったでしょ？　聞いてもらえてうれしかった。本当にありがとう」

「皆森さん……」

むしろ謝るのは私のほうだよ。こんな話聞かされたって嫌な思いをさせてしまっただけかもしれない。おまけに私、大泣きしちゃったし。

「その……いろいろとごめんね」

謝ると今度は笹沼くんがおかしそうに首を横に振った。

「俺たち、謝ってばかりだな」

「……たしかに」

顔を見合わせ、笑ってしまった。

偶然だったのかもしれない、光莉の家から笹沼くんの家は近いみたいだし。けれどその偶然に感謝したいよ。あのままひとりで家に帰っても、ただ泣くことしかできなかったと思うから。

「あのさ」

「ん？」

前置きすると、笹沼くんは言葉を選ぶようにゆっくりと話しだした。

「俺も正直、後悔している。今回のことはいろいろと。……いや、今回のことだけじゃない。いままでにも俺は、何度も後悔することばかりだった」

ひと呼吸置くと、カレは話を続けた。

「でも後悔するたびに自分に言いきかせるんだ。後悔したって過去は変えられない。ならせめて未来だけは、いいものにしたいって」

『未来だけは、いいものにしたい』。笹沼くんの言葉が胸に突きささる。

「いつまでも引きずってばかりいることもあった。でもそれじゃなんも変わらなかった。後悔は後悔のまま。でもそれって嫌だなって思い始めてさ、後悔しているなら、もうこの先は、二度と後悔しない生き方をしたいって思うようになったんだ」

はにかむと笹沼くんは頭をかいた。

「それでもまた後悔しちゃったけどな。……人間、そんなもんだと思う。後悔しない人生を送れる人なんていないと思うから」

本当に笹沼くんの言葉が、胸に突きささるよ。そうだよね、後悔しない人生を送れる人なんているはずないよね。現に私も笹沼くんも、後悔しながら生きているのだから。

「うん……ありがとう」

あふれる思いはたくさんあるのに、ひと言しか出てこなかった。それでも笹沼くんに私の気持ちはしっかり伝わったようで、目を細め微笑んだ。

「帰り、気をつけて」

そう言うと伸びてきた手は、迷うことなく私の頭をそっとなでた。

頭上に感じる大きな手のぬくもりに、心臓が飛びはねてしまう。くすぐったくて、胸の奥《おく》が熱くなる。

「見てみて、かわいい高校生カップル」

「本当だ」

聞こえてきた声にさらに心臓は早鐘を鳴らし始め、たまらず声をあげた。

「えっと、あの……！　笹沼くん？」

されるがままだったけれど、様子をうかがうように顔を上げていく。すると笹沼くんは我に返ったのか、すぐに手を引っこめたあと、頬を真っ赤に染めた。

「悪い、つい……」

「ううん。大丈夫」

つい、ってなに⁉　伝染するように私まで顔が熱くなってしまい、聞けるわけない。

「じゃあまた来週」

「うん、また」

ぎこちなくあいさつを交わし、互いに背中を向ける。なにこれ、どうして私ってばドキドキしちゃっているわけ？

胸に手をあてながら改札を抜けホームに向かっている途中、どうしても気になってしまい振り返ると、立ち止まり私を見送る笹沼くんと視線がかちあった。

「あっ……」

思わず声が漏れてしまい、とっさに手を振ると、カレもまたおずおずと手を振り返してくれた。たったこれだけのことで、胸の奥がギュッと締めつけられていく。

恥ずかしくてどうしようもなくて、慌ててホームに向かい電車に飛びのった。ゆっくりと走りだす電車。空いている席に腰かけるも、いまだに心臓はバクバクいったまま。

そしておもむろに右手が触れてしまうのは、さきほど笹沼くんになでられた頭。さっきの、なんだったんだろう。どうして笹沼くんは私の頭をなでてくれたの？

思い出すとまたさらに顔が熱くなってしまう。

なに考えているのよ！　あれはただ慰めようとしてくれただけ！　第一笹沼くんが好きなのは光莉だし！

そうだよ、笹沼くんが好きなのは光莉。私が傷つけてしまった光莉なんだ。なにのんきにドキドキしちゃったりしていたんだろう。光莉のこと、あんなに傷つけちゃったのに。

顔の熱は急激に引いていき、また後悔の波に襲われていく。瞼を閉じると、鮮明に思い出せる。焼きついて離れないよ、光莉の泣きはらした顔が。いまも耳に残っている。光莉の悲痛な想いが。

けれど次に思い出すのは、笹沼くんが言ってくれた言葉。ちがう、大切なのはこれからだ。後悔したって過去には戻れないのだから。だったら前を見ないと。

傷つけてしまった分、私にできることを探すんだ。

けれど週末の二日間、どうしたらいいのかなんて考えてもわからなかった。何度もスマホを見ては、ため息を漏らすばかり。光莉から連絡も来なかった。そして私から送ることもできなかった。

私……これからどうしたらいいのかな？　悩み迷い、人生で一番長い週末が過ぎていった。

『明日から冬休みに入りますが……』

週明けの月曜日。朝のHRが終わるとすぐに体育館に移動し始まった終業式。そこに光莉の姿はなかった。今朝電車にのる前に光莉から連絡があったのだ、今日も休むと。

光莉からのメッセを見て、ますます自分がどうするべきかわからなくなってしまった。光莉はきっと私に会いたくないんだ。だから今日も学校を休んだんだと思う。

校長先生の話は続いていく。出席番号順で並ぶから、必然的にとなりには柳瀬がいる。

週末に比べて今日はスッキリしているようにも見えるけど、元気がないのは変わらない。たった三日しか経っていないんだもの。まだ気持ちは落ちているはず。

それに気づきながら、なにも言えない自分にも腹が立つ。柳瀬には笑っていてほしいのに、な。


「それじゃくれぐれも問題を起こさないように冬休み過ごしてくれよ」

先生の話も終わり、帰りのＨＲが終了するとすぐに教室内は騒がしくなる。明日からはいよいよ冬休みだ。高校二年生の楽しい冬休みが始まるというのに、私はみんなと一緒になって、騒ぐことができそうにない。

去年はちがったのにな。光莉と予定を立てて、冬休みが待ちきれなかったのに。

帰り支度を整えていると「皆森」と私を呼ぶ柳瀬の声が聞こえてきた。

「あ、なに？」

顔を上げると柳瀬が後ろを向き、なにやらバッグの中をあさっていた。そして目の前に出されたのは、かわいくラッピングされたもの。物と柳瀬を交互に見てしまうと、カレは照れくさそうに言った。

「これを皆森からってことにして、小松崎さんに渡してくれないかな？」

「え、光莉に？」

「あぁ。気が早いって言われるだろうけど、告白する前から小松崎さんにクリスマスプレゼント渡したいって思っていて、買っておいたんだ」

「そう、だったんだ。──え、でも私からって？」

これは柳瀬が買ったものなのに？　首をかしげてしまうと、柳瀬は表情を曇らせた。

「きっと俺からもらったりしたら、変に気遣うだろ？　皆森からだって言えば受け取ってもらえるだろうし。なによりまだそんなに時間経っていないし、それに……」

そこまで言うと柳瀬は言葉をつまらせ、チラリととなりに座っていた笹沼くんを見たあと、力ない声で言った。

「ふたりとも小松崎さんが学校を休んでいる理由、わかってるだろ？　……せっかく四人で楽しく過ごしてたのに、俺が台なしにしちまって悪かったな」

「柳瀬なに言って……！」

「幸のせいじゃねぇよ！」

私と笹沼くん同時に声をあげるも、柳瀬は首を左右に振った。

「告白しなければよかったよ。……そうしたら告白する前みたいに四人で、楽しくこれからも過ごせていたのにな」

柳瀬の言葉が、自分の想いと重なる。私もそうだった。柳瀬に告白して気まずくなりたくなかった。なら告白しないでずっとそばにいたいと思った。

でもね、柳瀬。それじゃだめなんだよ。告白しなかったら、もっと柳瀬は後悔していたはず。だからそんなこと、言ってほしくない。思ってほしくないよ……！

「悪いけど冬休み中でもいいからこれ、小松崎さんに渡してもらえる？」

再度お願いしてきた柳瀬に、私は意を決し、突き返した。

「悪いけどこれは預かれないよ」

「――え？」

柳瀬の気持ちがたくさんつまったプレゼントを、私からと言って渡せるわけない。

勢いよく立ちあがり、驚いた顔で私を見上げるふたりに告げた。

「柳瀬、それは自分から渡して！　……そしてお願い、もう一度光莉に気持ちを伝えてあげて！」

「え、でも……」

「お願い！　光莉は責任もって私が連れてくるから！」

「あっ、おい皆森⁉」

一目散に教室をあとにしていく。向かう先は光莉の家。やっぱりこのままじゃだめだよ。せっかく柳瀬、勇気を出して自分の気持ちを伝えたのに、告白しないほうがよかったなんて思わないでほしい。光莉も同じ気持ちなんだから。ふたりは両想いなんだから。

全速力で駅に向かい、そのまま光莉の家に向かった。

電車を降り、走ってやってきた光莉の自宅前。今日は迷うことなくすぐにインターホンを押した。

「光莉、いるんでしょ⁉　お願い、話を聞いてほしい！」

気持ちは焦り応答がある前に、必死にインターホンに向かって伝えていく。

「私の顔を見たくないならドア越しでもいいから、話を聞いて」

走ってきたせいで乱れる呼吸を整えながら訴えたあと、ゆっくりとドアは開かれた。

光莉は金曜日のときと同じく元気がなく、出てきてくれたけれど顔は伏せている。

けれど柳瀬のことを思うと、ためらう余裕もなく、まくしたてるように言った。

「お願い光莉、いまから一緒に学校来てくれないかな？」

「え？」

驚き顔を上げた光莉の目もとは、やはり腫れたまま。もしかしたら土日もずっと泣いていたのかもしれないと思うと、胸が痛かった。

「柳瀬を待たせてるの！」

「どうして……っ」

「私が嫌だからだよ‼」

いつになく大きな声で遮ってしまった。びっくりして固まる光莉に、自分の想いを伝えていく。

「ふたりとも両想いじゃない！　それなのに付き合わないなんておかしいよ」

「だからそれはっ……！　それは……柳瀬くんが好きになったのは、私じゃないから」

消えてしまいそうな声で再びうつむく光莉。そんな彼女の両肩を、たまらず両手でしっかりつかんでしまった。

「それはちがうよ、光莉！」

視線を合わせ伝えた。痛いほどわかる柳瀬の想いを。

「たしかに柳瀬が光莉を好きになったきっかけは、勘ちがいからだったかもしれない。でも柳瀬言ってたよ！　タオルのことがあったから、光莉のことを気にするようになって、知れば知るほど好きになっていったって」

「……嘘」

目を白黒させる光莉にすぐに「嘘じゃないよ！」と伝える。

「きっかけは私がかけたタオルだったけど、好きになったのは光莉の内面だよ!? 柳瀬が私を好きなわけないじゃない！　光莉のことが好きだから協力してほしいって頼んできたんだよ？」

いまだに光莉は信じられないと言うようにぼうぜんとしちゃっている。

「柳瀬は光莉のことが好きなんだよ！　……告白前なのに、光莉にクリスマスプレゼントを買っちゃうくらい大好きなんだよ」

お願い、柳瀬の気持ちをわかって。体育祭の日のことは、しょせんきっかけでしかないんだよ。たとえあのとき、私が声をかけてタオルを渡していたとしても、柳瀬は笑顔で『サンキュ』って言うだけだったと思う。

あのことがきっかけで私を好きになるとは考えられない。光莉だからだよ。光莉だから柳瀬は好きになったんだ。

「私、光莉のこと大好きだよ？　それに尊敬してる。いつも家事やバイトしながらも勉強も頑張っていて。それなのに疲れた顔ひとつも見せないし、明るくて優しくて。柳瀬が光莉を好きになる気持ちわかるもん！」

「萌……」

「光莉には幸せになってほしい。その相手が柳瀬ならすごくうれしいから！　ふたりには幸せになってほしいよ」

いまなら心から言える。柳瀬と幸せになってほしい。ふたりが笑ってくれるなら私は心から『おめでとう』って言えるから。

「柳瀬のことが泣くほど好きなら、ちゃんと伝えてほしい！　自分の気持ちに嘘をつかないで光莉……！」

それは私の願いでもあるの。自分の気持ちに嘘をついて、後悔なんてしてほしくない。私と同じ思いをしてほしくないの。

光莉はなにも言わず、まじまじと私を見つめるだけ。私もわかってほしい一心で光莉の瞳を見つめ返した。どれくらいの時間が過ぎただろうか。光莉は意を決したように口を開いた。

「柳瀬くん、まだ学校にいるの？」

「……っ！　うん、いるよ‼」

「このまま行っちゃっても大丈夫かな？」

「柳瀬に連絡する！　学校の外にいてって‼」

すぐに答えると、光莉は唇を噛みしめた。

「萌……私、柳瀬くんに言いたい。ちゃんと好きって気持ちを伝えたい。……後悔、したくないよっ」

光莉の瞳からあふれ出した涙。たまらず光莉の体を抱きしめた。

「うん、後悔しないで。柳瀬に伝えてあげて。……柳瀬、きっと腰を抜かすほど驚いて喜ぶと思うから！」

コクコクと何度もうなずく光莉。

よかった、よかったよ……！　ホッとすると同時にうれしくて、気が緩み私まで泣いてしまいそうだ。けれどグッとこらえた。まだ私の役目は終わっていない。光莉を連れていくんだ、柳瀬の元まで。

「そうと決まれば急ごう、光莉！」

「……うん！」

体を離し言うと、光莉は返事をし、玄関にあった鍵を持つと外に出て家の鍵をかけた。

「行こう！」

どちらからともなく手を取りあい、駅へと駆けていく。その途中スマホを取り出し、柳瀬に電話をした。

「柳瀬！」

電車を降り改札口を抜けると、そこには柳瀬の姿があった。電話で光莉を連れていくと伝えると、カレのほうから駅まで向かうと言ったのだ。

宣言通り改札口で待ちわびていた柳瀬。私たちの姿に気づくと駆けよってきた。チラリと光莉を見ると、恥ずかしそうにうつむいてしまっている。

再び柳瀬を見ると、柳瀬もどう切り出したらいいのか悩んでいる様子。きっと私がいたら邪魔だよね。

「じゃあ私、学校に荷物置きっぱなしだから行くね」

「え、萌？」

途端にふたりともギョッとして私を見た。

「光莉、頑張って」

精いっぱいのエールを送ると、光莉の目はまた潤《うる》みだした。

「ありがとう、萌」

心からのありがとうの言葉に、こっちまで目頭《めがしら》が熱くなっちゃうよ。

「冬休み、遊ぼうね」

涙をこらえ笑顔で言うと、光莉も満面の笑みを見せた。

「うん、約束」

「皆森、本当にありがとう！」

今度は柳瀬にまでお礼を言われてしまい、いよいよ涙があふれそうだ。

「どういたしまして！」

泣き顔を見られたくなくて背を向け、駆け足で学校へと引き返していく。

よかった、ふたりが幸せになってくれて。私が完全に柳瀬への想いを絶ちきれちゃうくらい、たくさん幸せになってね。

立ち止まり振り返ることなく学校へと戻っていった。


教室にたどり着く頃にはすっかり息が上がってしまっていた。放課後の教室は誰もいなくて、シンと静まり返っている。

笹沼くんの荷物はないから、もう帰ったのかな？　笹沼くんに報告したいと思ったけれど、いまの状況を考えれば、帰ったあとでよかったのかもしれない。

呼吸を整えながらゆっくりと自分の席に腰かけた。もう後悔はない。これでよかったと思えるから。——でも。

「……やっぱり柳瀬に好きって、伝えたかったな」

ポツリと漏れてしまう本音。かなうのなら柳瀬に好きって言いたかった。振られるとわかっていても、自分の想いを伝えたかった。

ポタポタと机を濡らしていく涙。こらえていたものが一気にあふれ出す。

誰もいないし、いいよね。いまだけは泣いても。そう自分に言いきかせ、声を押し殺して泣いてしまった。

どれくらいの時間が過ぎただろうか。やっと涙が止まった私の目に映ったのは、黒板の右端に書かれた、私と柳瀬の名前。

「消し忘れちゃったんだ」

見たところ日誌は教壇にも柳瀬や私の机にもないから、柳瀬が書いて先生に出してくれたのだろう。けれど週番の名前を変えるのを、忘れてしまったみたいだ。

鼻をすすりながら立ちあがり、ゆっくりと黒板のほうへ向かっていく。一週間以上書かれていた私と柳瀬の名前は、うっすらと消えかけていた。消そうと黒板消しを手にするものの、思いとどまってしまう。

なんでかな？　消したくなかった。柳瀬と自分の名前を。

「柳瀬……」

『ありがとう』って言ってくれたときの柳瀬の笑顔が忘れられない。柳瀬が好きだった。初恋だった。

いつも笑っていて優しくて明るくて。誰に対しても平等で。挙げたらキリがないほど好きだったの。

震えだす手。黒板消しをそっと置き、代わりに手にしたのは白いチョーク。シンと静まり返る校舎。自分以外いない教室。もう二度と伝えられない想い。

『柳瀬が好き』

小さく書いた自分の想い。声に出して言えない、私のかわいそうな想い。

「好きだったよ、柳瀬」

全力で好きだった。全力で片想いしていた。中学二年生のときからずっと……。

たくさん泣いたはずなのに、好きって感情が涙に変わってあふれだす。

「やだな、もう」

自嘲《じちょう》気味に笑ってしまう。涙をぬぐい冷静に黒板を見ると、恥ずかしさが込みあげてきた。

「なにやってるんだろ、私」

黒板に書いたって、後悔は消えるわけじゃないのに。見まわりの先生が来る前に、早く消して帰ろうと黒板消しを手にしたとき。

「消すなよ」

「――え？」

物音なく背後から聞こえてきた声と、つかまれた黒板消しを持つ手。私の手をつかむ腕を辿《たど》っていくと、強い瞳を向ける笹沼くんと視線がかちあう。

「……笹沼くん？」

どうしてここに？　帰ったんじゃなかったの？　突然現れたカレに視線は釘づけになってしまう。笹沼くんも私から視線をそらすことなく、ジッと見つめ返してくる。

静かな教室内。カレは静かに言った。

「自分の気持ちを消すようなこと、するなよ」

そう言ったカレがつかむ腕の力が強まった。そして真剣な面持ちを向けてくる。

「それは皆森さんの気持ちだろ？　無理やり消すことない」

「笹沼くん……」

黒板に書かれた柳瀬への気持ちを見る笹沼くんにつられるように、私も黒板を見つめた。

消さなくてもいいのかな？　こんな想いをいつまでも抱えていたら、迷惑なだけじゃないの？

「俺も消したくないから。……自分の気持ち」

「え？」

そう言うと笹沼くんはつかんでいた私の腕を離し、チョークを手にした。

「皆森さんが消すっていうなら、俺も消さなくちゃいけなくなるだろ？　……俺は嫌だから、そんなの。自分の想いを消したくない」

そう言うと笹沼くんは、私が書いた気持ちの横にチョークで書いていった。

カツ、カツとチョークが黒板を滑る音が鳴りやんだ。そこに書かれていたのは光莉への想い……ではない想いだった。

「……笹沼、くん？」

なにかの冗談？　黒板に書かれた文字を凝視したあと、顔を笹沼くんへと向ける。けれど声が出てこない。だってこんなの、信じられる？

「悪いけど、嘘じゃないし、冗談でもないから」

真剣な瞳を向けられ、再度黒板を見てしまう。『柳瀬が好き』と書かれた横に書かれていたもの。それは『皆森さんがずっと好きだった』だった。

「俺がずっと好きで告白できなかったのは、皆森さんだよ」

そんなの信じられない。笹沼くんが私を好き、だなんて。

「ちゃんと話させて。……もう後悔したくないから、最後まで聞いてほしい」

ドキッと高鳴る胸。後悔したくない。それは私と笹沼くん、共通の思いだった。そんなことを言われてしまったら、うなずくことしかできない。

それを確認すると笹沼くんは安心したように頬を緩ませたあと、私越しに見える窓を見つめ話しだした。

「俺が皆森さんの存在を知ったのは、幸と友達になってからだった。クラスはちがったけど、よく皆森さん、うちのクラスに来てただろ？」

「……うん」

そうだった、高校一年生のときは、柳瀬とクラスが離れてしまったけれど、その分自分から積極的に会いに行っていたんだ。中学の友達から連絡あったとか、なにかしら理由を作って。

「そのたびに幸がよく話してくれたんだ、皆森さんのこと。明るくて優しくていいやつだって」

そうだったんだ、柳瀬ってばそんなことを笹沼くんに話していたなんて。

「ずっと聞かされていたら、嫌でも目で追うようになっていた。最初はよく笑う子だなって印象だった。……でもその笑顔は幸の前ではちがうって気づいてさ。あぁ、皆森さんは、幸のことが好きなんだなってすぐにわかったよ」

クスリと笑う笹沼くんに顔が熱くなる。知らなかった、そんなに前から笹沼くんに私の気持ちがバレていたなんて。

「でも俺が皆森さんの気持ちに気づけたのは、俺が皆森さんに特別な感情を抱いていたからだと思う。……幸の前ではいつもよりかわいかったし」

「……っ⁉」

かわいいなんて……！　笹沼くんの口から出たとは思えない単語に、ますます顔は熱くなっていく中、笹沼くんは話を続けた。

「何度もあきらめようと思ったよ。好きになっても報《むく》われないってわかっていたから。でも好きって気持ちは、簡単に消せなかった。むしろ二年で同じクラスになって、毎日同じ教室で過ごすたびに、好きって気持ちは膨れあがっていったよ」

切なげに目を細める姿に、胸が締めつけられる。

「それと同時に幸のことが本当に好きなんだなって理解できた。だから気持ちにふたをしようと思ったんだ。俺は嫌われたままでもいい。仲よくできなくてもいい。皆森さんが幸せになってくれればいいと思った。そばにいられれば、それだけで満足だったんだ」

初めて知るカレの本音に、動揺を隠せない。そんなに前から私のことを想ってくれていたなんて……。

「でも体育祭の日、偶然ふたりのやりとりを見て、数日後に幸から話を聞いたときは耳を疑ったよ。勘ちがいして光莉のこと好きになってるし。何度も幸にちがうって言いたかった」

窓を見つめていた視線は、再び私に向けられ胸がトクンと鳴った。

「見ていられなかった。幸のせいで傷ついていく皆森さんのこと。……だから言ったんだ。もう幸への想いを絶ちきってほしかった。……欲《よく》を言えば、俺を好きになってほしかった」

ストレートな想いに胸が熱くなっていく。どうしよう、笹沼くんの顔が見られない。次第に視線は落ちていき、床《ゆか》を捉える。すると手をギュッとつかまれた。

「お願い、最後まで話を聞いてほしい」

「あっ……！」

そうだよ、笹沼くんは最後まで話を聞いてほしいって言っていたのに。とっさに顔を上げると、再び絡まる視線。

「皆森さんと話すようになって、まっすぐな皆森さんを近くで見ていたら、自分の考えがいかに幼稚だったか思い知らされたよ。……一番悪いのは俺だ。告白する勇気もないくせに、皆森さんに好きになってもらおうなんて、都合のいいことばかり考えていたんだから」

ゆっくりと離される手。すると笹沼くんはいきなり私に向かって頭を下げた。

「え、笹沼くん？」

突然の行動に声をあげてしまうも、カレは頭を下げたまま言った。

「俺の軽はずみな考えのせいで、皆森さんのことを傷つけてごめん」

「そんな……」

「俺があんなこと言わなければ、皆森さんは傷つかなかったかもしれない。もしかしたら、幸に告白できていたかもしれないだろ？」

頭を上げた笹沼くんの表情は、苦しそうで、いまにも泣きだしてしまいそうだった。

「皆森さんには幸せになってもらいたい。……できるのなら俺が幸せにしたいなんて思っておきながら、自分では動こうとしなかった。本当にごめん、でも」

そう言うと笹沼くんは、小さく深呼吸した。

「俺もう二度と後悔はしたくないんだ。……だから言わせてほしい」

見つめられるたびにトクン、トクンと音を立てて鳴り続ける胸の鼓動。

「皆森さんのこと、一年のときからずっと好きだった。皆森さんが幸のことを好きだって気づいても消せなかったんだ。……幸への想いを無理に消してほしいわけじゃないけど、俺、頑張るから！　俺が皆森さんの気持ちを、上書きしてみせるから」

ひと呼吸おいて、言い放った。

「俺のこと、好きになってほしい」

真剣な想いを聞いて、もう疑う余地などなかった。最初は信じられなかった。でも嘘じゃないんだよね？　私が柳瀬のことを想っていたように、笹沼くんも私のことを想ってくれていたなんて。

とまどいと驚きを隠せない。けれどなぜだろう。笹沼くんに告白されて、うれしいと思っている自分もいる。だって笹沼くんがどんな人か、この数ヵ月で十分知ることができたから。

「まずは友達から始めてくれないかな？　そうしたら俺、全力で皆森さんに好きって伝えるから」

「笹沼くん……」

ためらいがちに差し出された手。

「お願いします」

柳瀬が好き。それはいまも変わらない。でも、私……。

頭を駆けめぐるのは、笹沼くんとの思い出。最初は苦手だった。カレも私と同じ気持ちだと思っていた。そんな人に柳瀬への気持ちを気づかれてしまって、ひどいことを言われて……。

でもそれは私のためを思っての言葉だったんだ。その証拠に笹沼くんは、いつも私のそばにいてくれた。つらいとき励ましてくれた。

次第に笑いかけてくれるようになって、一緒にいるとつらいはずなのに気持ちが楽になっていって……。いつの間にか笹沼くんは、私の心の支えになっていた。

けれど、いまもカレは私の心の支えだって言える？

私……笹沼くんにドキドキさせられてばかりじゃなかった？　優しさに笑顔にカレの想いに、胸が苦しくなっていなかった？

笹沼くんのことを考えれば考えるほど、トクントクンと胸が高鳴り出す。

目の前に差し出された手を取らなかったら、私と笹沼くんはどうなっちゃうのかな？　気まずくなって、話せなくなっちゃう？　それは嫌。……笹沼くんといままでのように話せなくなるのは絶対に嫌だ。

そこまで想いが行きついたとき、差し出されたままの震えている手を握らない選択《せんたく》肢《し》など、私にはなかった。

そっと握ると勢いよく顔を上げる笹沼くん。

「でも私、やっぱりまだ柳瀬のこと好きだから」

嘘はつきたくない。カレに自分の正直な想いを伝えると、うれしそうに顔をほころばせた。

「ちゃんとわかってるよ、ずっと見てきたんだから。……いいよ、幸のこと好きなままで」

ギュッと握り返される手。

「いつか俺のこと、好きになってもらえるように、頑張るから」

あまりに笹沼くんがうれしそうに笑うものだから、私が出した答えに花丸をもらえた気がした。

柳瀬のことが好きなままで、この手を取るべきではなかったのかもしれない。でも手を取らずに後悔するより、手を取って後悔したほうがいいと思ってしまったんだ。

カレならきっと、私の気持ちを上書きしてくれるかもしれないと。初恋を忘れられるほど好きにさせてくれると、思ってしまったんだ。

もう二度と後悔したくない。
だから全力で伝えるよ。
好きって気持ちをキミにも──。

第二章
全力でキミに伝えたい

Zenryoku de Kimi ni Tsutaetai

〝好き〟の未来

十二月二十四日、聖なるクリスマスイブ。たくさんの人でごった返すファストフード店で、私と笹沼くんの前に座るのは、幸せオーラを放つ光莉と柳瀬。

「いやはや、このたびは大変お世話になりました」

「もう、柳瀬くんってば。ちゃんと言わないとだめでしょ?」

柳瀬に突っこみを入れる光莉だけど、その顔は本気で怒っていない。

「萌、篤志。本当にいろいろとありがとうね」

「ふたりのおかげだよ、こうしてその……光莉と付き合えるようになったのは」

まだ慣れていないのか、無理しているのかわからないけど、恥ずかしそうに『光莉』と呼ぶ柳瀬と、それにかわいく反応する光莉に見ていられなくなる。どちらからともなく笹沼くんと顔を見合わせ、笑ってしまった。

終業式の日、私は完全に失恋《しつれん》した。それなのに笹沼くんから告白されて、カレの手を取ってしまった。

正直これから先、柳瀬以外の人を好きになれるのか自信ない。それくらい柳瀬のことが好きだったから。

「なぁ、このあと四人でボーリングでも行かないか？」

「いいね、楽しそう！」

「だろ？」

盛りあがるふたりを前に、ひとりハラハラしてしまう。実は笹沼くんに誘われたのだ。『二十四日、ふたりでどこかに出かけよう』と。

そこへ光莉と柳瀬から話があると誘われ、来たわけだけど……。

でも四人で過ごしてもいいよね、楽しそうだし。笹沼くんもきっと同じことを考えているはず。そう思い、ふたりに返事しようとしたとき。

「悪いけどパス」

そう言うと笹沼くんは私の腕をつかみ、無理やり立たせた。そしてポカンと見上げるふたりに声を弾ませ言った。

「俺、皆森さんとふたりで過ごしたいから、幸たちもふたりで過ごせ」

「え、篤志？」

「……マジかよ」

口をあんぐりさせるふたりに、体中が熱くなっていく。

「じゃあまたな」

笹沼くんは私の荷物を手にするとそのまま歩きだした。

どうしよう、ものすごく恥ずかしい……！　今度ふたりにどんな顔をして会えばいいんだろう。グルグルと考えてしまっている私の腕をグイグイ引いていく笹沼くん。お店を出ると足を止め、腕を離すと手を握ってきた。たったそれだけのことで心臓が飛びはねてしまう。

「俺的にはこっちのほうがいいんだけど、いいかな？」

いいかなって……！　笹沼くんはズルイ。そんなふうに聞かれたら、嫌とは言えないじゃない。

肯定するようにつないだ手を握り返せば、カレはうれしそうに頬を緩めた。それだけでまた胸がキュンと鳴ってしまうよ。

そのとき、頬に感じた冷たい感触《かんしょく》。一瞬目をつぶってしまうもすぐに瞼を開けると、次々と顔に降りかかってくる。

「嘘、雪？」

「本当だ」

ふたり声をあげ、同時に空を見上げた。すると空からはひらひらと雪が舞い散る。まるで天使の羽のように、ひらひらと。

「すげぇな、ホワイトクリスマスとか」

「うん、びっくり」

突然の雪に見つめあい、また空を見上げた。キレイだった。どんより曇り空から舞い散っているのに、キラキラして見える。

「風邪引く前に行こうか。……プランでは水族館に行こうと思っていたんだけど、どうかな？」

「いいね、水族館。久しぶりに行きたい」

そう言うと笹沼くんは安心したように、肩を落とした。

「よかった。……じゃあ行こうか」

「……うん」

固く手をつないだまま歩きだす。街にあふれるたくさんの人。それぞれがみんな幸せそうだった。私の目に幸せそうに映るように、みんなの目にも、私と笹沼くんは幸せそうに映っているのかな？

未来のことなんて、どうなるかわからない。いまでもこの選択は正しかったのか自信ない。

もしかしたら私は、笹沼くんのことを好きになることができず、傷つけてしまうかもしれないし。でも後悔はしたくない。もう二度と後悔する生き方はしたくないんだ。

チラリととなりを歩くカレを見れば、すぐに気づかれ「どうかした？」と優しい声をかけてくれる。

たったそれだけで、不思議と笹沼くんのことを傷つけるような未来は来ない気がした。知っているから。笹沼くんが優しい人だって。他人を思いやることができる人だって。それにカレのことなら、信じられると思うから。

「ううん、なんでもない」

そう言うと笹沼くんはうれしそうに笑うから、私までつられて笑ってしまった。

笹沼くんに誘われた日、すぐに買い物に出かけた。クリスマスイブに会うのなら、プレゼントを渡したかったから。ちゃんとバッグの中に入れてきたプレゼント。渡したらどんな反応を見せてくれるかな？

想像するだけで、こっちまで幸せな気持ちになれる。

好きの未来は、きっと明るいはず。そう、信じてもいいよね？

舞い散る雪を見つめ、何度も願ってしまった。

笹沼くんと過ごす未来が、素敵なものでありますようにと。

好きって言わせて

「ねぇ、光莉……本当にこの服でいいの？」

不安になり聞いても、光莉は胸を張って答えた。

「大丈夫だって！　篤志の好み、ドストライクだから」

「そうは言われても……」

午前九時半過ぎ。自分の部屋にある大きな鏡に映る自分の姿を見て、不安いっぱいになってしまう。

「もー、かわいいから大丈夫！　それにほら、もう家を出ないと遅刻しちゃうんじゃないの？」

「あ、本当だ」

言われて時計を見て青ざめてしまう。慌てて用意を進め、一緒に家を出た光莉はとびっきりの笑顔で送り出してくれた。

「ちゃんと篤志に〝好き〟って言ってきてね」と言って。

月日は流れ、私たちは高校三年生になった。クラス替えで私は柳瀬と、光莉は笹沼くんと一緒になった。

けれどとなりのクラスで、休み時間や昼休みは四人でいつも一緒に過ごしている。

日々もあっという間に過ぎていき、一週間前から高校生最後の夏休みが始まった。

そんな今日、私は昨夜から光莉に家に泊《と》まって協力してもらい、とびっきりオシャレをして家を出た。笹沼くんが待つ、待ち合わせ場所へ向かって。


「ヤバイ、ギリギリになっちゃった」

改札口を抜けてスマホで時間を確認すると、約束の時間三分前だった。待ち合わせ場所は駅の改札口から、徒歩五分のところにある遊園地の入場ゲート前。夏休みということもあって、私と同じように遊園地へ向かう人で歩道はあふれている。

歩きにくい歩道を足早に進んでいくと、見えてきた入場ゲート。そして見つけたのは、ひと際背が高くて目を引くカレの姿。

「いた……」

笹沼くんはすでに来ていて、スマホ画面を見ている。その姿もまた様になっていて、足を止め見惚《みと》れてしまった。

やっぱり笹沼くんってカッコイイよね。それに周囲を見渡せば、さっきから同い年くらいの女の子たちは笹沼くんを見ているし、みんなかわいい子ばかり。

どうしよう、なんか笹沼くんの元へ行きづらいな。笹沼くんが待っていた相手が私だなんて、なんか言われそう。『どうしてあの子が？』みたいに。

光莉に協力してもらって、昨日買いそろえたノースリーブの花柄《はながら》ワンピースとそれに合う淡《あわ》いピンクの手持ちバッグ。そしてメイクといつもとちがうヘアスタイル。頑張ったけど……笹沼くんのとなりを歩いても、恥ずかしくないかな？

不安に襲われ、無意味に何度も髪を触ってしまう。

「なにやってるの？」

「——え、わっ⁉」

いつの間にか笹沼くんが目の前にいて、オーバーなほど飛びはねてしまった。

「なかなか来ないから、連絡しようと思ってたんだ」

「ご、ごめん……」

慌てて謝ったけれど、恥ずかしくて顔が見られず、視線を落としてしまった。

もしかしてひとりでグルグル考えているところを、見られちゃったりした？　だったらすごく恥ずかしい……！

たまらずスカートの裾《すそ》をギュッと握りしめてしまったとき、信じられない言葉が聞こえてきた。

「一瞬、人ちがいだと思った。……今日の皆森さん、すっげかわいいからびっくりした」

「……え」

驚き顔を上げると、笹沼くんはスマホを握りしめた手で口もとを覆い、照れくさそうにそっぽ向いている。

「ごめん、恥ずかしいからあまり見ないで」

「……っ！」

なにそれ。そんなこと言われたら胸が苦しくなっちゃうんですけど。……どうしよう、申し訳ないけど笹沼くんがかわいい。自分で言ったくせに照れちゃうなんて。

必死に気持ちを押し殺していると、カレは小さく深呼吸をしたあと、そっと私の手を取った。

「行こうか」

「うん。あ、チケットは？」

手を引かれたまま向かう先は入場ゲート。

「もうとっくに購入《こうにゅう》済み。言っておくけどお金はいらないから。誘ったのは俺だし、来てくれてうれしい」

「笹沼くん……」

微笑むカレに、胸がキュンと鳴ってしまう。だめだな、もう自分の気持ちがわからないなんて言えないよ。……私、笹沼くんのことが好き。

『まずは友達から始めてくれないかな？　そうしたら俺、全力で皆森さんに好きって伝えるから』

宣言通り、笹沼くんはあの日から全力で気持ちを伝えてくれた。いつもそばにいてくれて、笑いかけてくれて、優しくしてくれて……。どんなにくだらない話でも文句を言わず聞いてくれて、たびたび『好き』って言葉にして伝えてくれていた。

最初は不安だった。柳瀬を好きなままで笹沼くんの手を取ってしまったこと。後悔するんじゃないかって思ったりもした。

でもそんな不安を感じさせないくらい、笹沼くんは私の心を大きく変えていった。柳瀬のことを想うことも次第になくなっていき、気づいたら私はいつも笹沼くんのことばかり、考えてしまうようになった。

いまでは光莉と柳瀬が楽しそうに話していても、胸が痛まなくなったし、光莉のノロケ話を聞いても嫌な気持ちにならない。むしろふたりの関係がうらやましいと思えるほど。

そう思えるようになったのは笹沼くんのおかげ。うらやましいと思っちゃうのは、笹沼くんのせい。光莉と柳瀬のような関係に、私もなりたいと思うから。

もう二度と後悔したくなかった。だから真っ先に光莉に相談したら、彼女は心から喜んでくれて、相談にのってくれたり、協力してくれている。

光莉の心強いあと押しがあったから、決めたんだ。……今日、笹沼くんに自分の気持ちを伝えようって。笹沼くんが私に伝えてくれたように、私も笹沼くんに自分の気持ちをちゃんと伝えたい。

そう思ってまずは、見た目から気合を入れてきたわけだけど……。


「どうしたの皆森さん、なんか元気ないけど……もしかして体調悪い？」

「え、ううん！　そんなことないよ！」

遊園地に入って約十分。告白のことばかり考えていた私を見て、笹沼くんは心配そうに顔をのぞきこんできた。

「そう？　ならいいけど……。今日は暑くなりそうだし、気分悪くなったらすぐ言ってね」

「……うん」

あぁ、本当にいちいち優しいんだから。ますます好きにさせられちゃうじゃない。

それにどうしてかな？　最近、笹沼くんが以前にも増してカッコよく見えてしまう。

好きって自覚したから？　笑顔を見せられるたびに胸は締めつけられて、そばにいるだけでドキドキする。

それなのに、もっと一緒にいたい。となりにいたいと思えてしまうんだ。

「皆森さん、絶叫系平気だったよね？」

「うん、大丈夫だよ」

「じゃあまずはジェットコースターからのろうか」

ずっとつないだままの手を引いて、笹沼くんは歩みを進めていく。カレの横顔を盗み見ると、やっぱりカッコよくて胸が高鳴ってしまった。

私……今日、告白するんだよね。気合十分で来たけれど、いざ本人を前にしてしまうとおじけづいてしまう。

そもそも私に、好きな人に告白するなんてこと……できるかな？　いままで一度もしたことがない。柳瀬のことだって、あんなにずっと好きだったのに、勇気を出せなくてできなかったのに。

どうしよう、不安になってきた。どう切り出したらいいのかな？　いきなり『好き』なんて言えないし。どのタイミングでいつ言えばいいの？　帰るとき？　それともいま？　ううん、いまじゃないよね。まわりに人がいっぱいいるところじゃ言えないよ。

考えれば考えるほどわからなくなるばかりで、笹沼くんと一緒にいるのに遊園地を満喫《まんきつ》できずにいた。

気づけば時刻はもう十八時過ぎ。夏の夜といっても、この時間になると、辺《あた》りは薄暗くなってきた。帰る人たちが増えていく中、笹沼くんも時計で時間を確認すると「そろそろ帰ろうか」と言ってきた。

「え……」

嘘、もう帰らなくちゃいけないの？　私、まだ好きって伝えていないのに。

焦る私とは裏腹に、笹沼くんは少しだけ眉を下げ申し訳なさそうに話しだした。

「ごめん、今日……楽しくなかったよな。もしかして遊園地、好きじゃなかった？」

「……どう、して？」

どうしてそんなこと言うの？　私、そんなことひと言も言っていないのに。手が震えてしまう中、笹沼くんは目を伏せた。

「今日の皆森さん、ずっと上の空で、つまらなそうだったから」

ちがう、そんなことない。笹沼くんと一緒にいるのにつまらないわけないじゃない。上の空だったように見られてしまったのは、いつ告白したらいいのか考えてしまっていたからで……。

どう伝えたらいいのかな？　この想いをどうやって伝えればいいんだろう。わからないよ、告白ってどうやってするの？

「帰ろうか。……途中まで送らせて」

「あ……っ！」

先に歩きだしてしまった笹沼くん。カレの背中が遠ざかっていく。

ちがうのに。私……笹沼くんに嫌な思いをさせたいわけじゃないのに。カレが私に伝えてくれたように、好きって伝えたいだけなのに。

オシャレしてきたのも、慣れないメイクをしてきたのも、全部笹沼くんに見てもらいたかったから。笹沼くんに少しでもかわいいって思ってほしかったから。

今日だって誘ってくれてうれしかった。遊園地なんて恋人同士で行くところみたいなイメージを持っていたから、ひとり勝手に浮かれちゃって、光莉に協力してもらっちゃって……。だめじゃない、私。これじゃまた後悔しちゃうよ。

ふと今朝、光莉がかけてくれた言葉が頭によぎる。『ちゃんと篤志に〝好き〟って言ってきてね』って言ってくれた、光莉の言葉が。

そうだよね、ちゃんと伝えないと。場所とか雰囲気とかタイミングとか、もうどうだっていいじゃない。私はただ、笹沼くんに好きって言いたいだけなのだから。

「笹沼くん、待って！」

慌ててあとを追いかけ、がっちりと腕をつかむと、笹沼くんは驚いた顔で私を見つめてくる。

「え、どうしたの？」

そして不思議そうに首をかしげ、私を見つめてくるその瞳は、やっぱり優しくて胸を熱くさせる。

心臓は壊れてしまうんじゃないかってほど、激しく脈打っている。でも、言うんだ。今日言わなかったら、私はまた後悔する。

周囲にはたくさん人がいて騒がしい中、笹沼くんの腕をつかんだまま顔を上げ、カレを見すえた。

「……好き」

「──え」

「笹沼くんが好きなの」

雑音の中、かき消されていく『好き』って言葉。それでも私の声はしっかり笹沼くんに届いてくれたようで、カレは目を見開いた。

けれど一度口から出た想いを止めるすべはなく、決壊したダムのようにあふれだしていった。

「最初は不安だった。笹沼くんの手を取ったけど、柳瀬以上に好きになれるか自信がなかったから」

「皆森さん……」

それでも、なぜかあの日の私には、差し出された手を取らない選択肢はなかった。

「でもそんな心配いらなかった。笹沼くんはいつもそばにいてくれて、優しくしてくれて。……私、自分でもびっくりするくらい、柳瀬のことを忘れることができたの。笹沼くんがそばにいてくれたから、ふたりが付き合えてよかったなって思えるようになったの」

そう思えるようになったのは、笹沼くんがそばにいてくれたから。それと……。

「ううん、そばにいてくれたからじゃない。……私が笹沼くんのことを好きになったから。笹沼くんのとなりに、ずっといたいって思ったからなの」

気持ちがあふれて止まらない。目頭が熱くなっていく。

「こんな私のこと、好きになってくれてありがとう。柳瀬のこと、忘れさせてくれてありがとう。……私、これからもずっと笹沼くんのそばにいてもいいかな？……その、彼女として」

精いっぱいの告白。好きって言いたい。そして笹沼くんの彼女になりたい。ありったけの想いを言い終えると、途端に恥ずかしさに襲われていく。冷静になるとまわりも見えてきて、いつの間にか注目されていることにも気づいてしまった。

そうだった、ここは人が多い遊園地。ただ好きって言いたい気持ちばかりで無我夢中で言っちゃったけど、私ってばよくこんな人混みの中で告白できたよね。

けれど、この状況を切りぬけるすべが私にはなく、なにも言わない笹沼くんのつかんだままの腕をギュッと握りしめたそのときだった。

「夢みたいだ」

「え、キャッ⁉」

つかんでいた腕を強引に引かれると同時に、腰に両腕がまわされ体が宙に浮いたのは。

そしていつも見上げていた笹沼くんの顔を見下ろしている現状に、カレに抱きかかえられているんだってことに気づいた。

「わ、ちょっと笹沼くん⁉」

先ほどよりより一層感じる視線に慌てる私とはちがい、笹沼くんはうれしそうに目尻にしわをたくさん作って笑った。

「皆森さんが俺を好きとか、マジで信じられないけど。でも本当なんだよね？」

子どもみたいな笑顔に胸がキュンと鳴ってしまい、苦しい。答える代わりに何度もうなずくと、ますます笹沼くんは顔をクシャッとさせて喜んだ。

「やべ、超《ちょう》うれしい！」

私を下ろすと、すぐに力いっぱい抱きしめられた。一瞬にして包まれるカレのぬくもりに、クラクラしてしまう。

でもそれと同時に、私の気持ちが伝わったんだって思うと、私もうれしくて仕方ない。宙ぶらりんだった両手を、カレの大きな背中にまわすと、より一層強い力で抱きしめられた。

「ねぇ、本当に俺の彼女になってくれるの？」

問いかけられた声。だったら私も聞きたい。顔だけ上げ、カレを見上げた。

「本当に私を彼女にしてくれるの？」

尋ねると、笹沼くんは一瞬目を見開き驚いたあと、目を細め愛しそうに私を見つめた。

「なってくれたらうれしい。……ずっと夢だったから」

夢だった、なんて。そんなこと言われたら、ますます胸が苦しくなっちゃうじゃない。

うれしさと恥ずかしさを噛みしめるように唇をギュッと結んでしまうと、笹沼くんはクスリと笑みを漏らし、コツンと私の額に自分の額をくっつけてきた。至近距離に心臓が飛びはねてしまう中、笹沼くんはささやくように言った。

「大好きだよ。……萌。これからもずっと」

「……っ！」

こんな至近距離で名前で呼んで〝好き〟だなんて……笹沼くんってばひどい。どれだけ私をドキドキさせれば気が済むのだろうか。

ちょっぴり悔しくて、負けじと笹沼くんの瞳を見つめ返した。

「……私も大好き。……篤志くんのことが」

勇気を出して言った愛の言葉と初めて呼んだ下の名前。途端に笹沼くんは耳まで真っ赤にさせ、慌てて体を離し「不意打ちやめて」なんて言いながら、顔を隠したものだから、思わず笑ってしまった。

全力で恋をした。……ううん、全力で恋をしている。いまも、そしてこれからもずっとずっと。

目の前で笑うカレに私はこれからもずっと――。

END

あとがき

はじめまして、田崎《たさき》くるみです。

このたびは『全力片想い』をお手に取ってくださり、ありがとうございました。


三月のパンタシアさんのテーマ楽曲、『ブラックボードイレイザー』を元に描いた今作、お楽しみいただけたでしょうか？

サイトでコンテストの概要《がいよう》が発表され、テーマ楽曲を聞き、本当に素敵な曲で何度も繰り返し聞いてしまいました。切ないメロディーで歌詞も胸がギュッと苦しくなるような印象を受けましたが、何度も聞いていくたびに、切なさや悲しみの中にも明るい希望や想いが歌詞に込められているのではないかな……と感じました。

執筆するにあたり、歌詞をすべて書き出しました。すると一文一文にエピソードや萌に柳瀬、篤志や光莉それぞれの想いが浮かび上がり、全力片想いが生まれました。

片想いが大きなテーマの作品で、四人それぞれの視点の片想いを描きました。

片想いと言っても、一括りにはできないですよね。萌のように勇気が出せなくて後悔してしまったり、柳瀬のように真っ直ぐだったり、光莉のように純粋だったり。また篤志のように好きな人の幸せを願いながら自分の気持ちを押し殺し、好きな人をそばで支えたり。色々な形の片想いがあると思います。

今、片想いしている方。いらっしゃいましたら、後悔しないよう萌たちのように全力で頑張ってほしいです。切なかったり、苦しかったり。たとえ報われなかったとしても、時間が経てば必ず全力で頑張ってよかったって思えるはずです。

萌のように後悔せず、前に進んでほしいです。そうすればきっと、誰にだって素敵で幸せな未来がやってくると、私はそう信じています。この本をお手にとってくださった皆さまにも、好きな人との素敵な未来が訪れますようにと願っております。

出版にあたり、的確なご指摘を頂き、相談に乗ってくださったりと、大変お世話になった相川さま。編集を担当してくださった八角さま。素敵なカバーイラストを描いてくださったloundrawさま。アンサーソング『シークレットハート』を制作してくださった三月のパンタシアさま。関わってくださったすべての皆さま、本当にありがとうございました。

なによりいつも作品を読んでくださる読者さまに、最大級の感謝の気持ちを込めて。

田崎くるみ

この物語はフィクションです。実在の人物、団体等とは一切関係がありません。

田崎くるみ先生への
ファンレター宛先
〒104-0031　東京都中央区京橋1-3-1　八重洲口大栄ビル7F
スターツ出版（株）　書籍編集部気付　田崎くるみ先生

全力片想い

2017年3月25日　初版第1刷発行

著　者　田崎くるみ　

発行人　松島滋

イラスト　loundraw

デザイン　齋藤知恵子

DTP　久保田祐子

編集　相川有希子
八角明香

発行所　スターツ出版株式会社
〒104-0031
東京都中央区京橋1-3-1 八重洲口大栄ビル7F
TEL 販売部03-6202-0386（ご注文等に関するお問い合わせ）
http://starts-pub.jp/

印刷所　共同印刷株式会社
Printed in Japan

ISBN　978-4-8137-0228-3　C0193

終わりと始まりの物語を空想するクリエータープロジェクト『三月のパンタシア』
待望の1stアルバム「あのときの歌が聴こえる」絶賛発売中!

【初回生産限定盤】KSCL 2858-2859 ¥3,800 (+tax) ※トールデジパック仕様　【通常盤［CDのみ］】KSCL 2860 ¥3,000(+tax)

[CD]

1. いつかのきみへ
2. はじまりの速度
3. day break
4. フェアリーテイル
5. イタイ
6. 青に水底
7. 群青世界《コバルトワールド》
8. 七千三百とおもちゃのユメ
9. 星の涙
10. ブラックボードイレイザー
11. シークレットハート
12. あのときの歌

[BD]

1. はじまりの速度 -Music Video-
2. 群青世界《コバルトワールド》 -Music Video-
3. フェアリーテイル -Music Video-
4. ブラックボードイレイザー -Lyric Video-
5. シークレットハート -Lyric Video-

LINE

HP：http://www.phantasia.jp/

Twitter：@3_phantasia